幸せのカツサンド

食堂のおばちゃん⑯

山口恵以子

ハルキ文庫

JN036661

角川春樹事務所

本書の第一話から第四話は「ランティエ」二〇二四年三月号～六月号に、連載されました。第五話は書き下ろし作品です。

目次

幸せのカツサンド

食堂のおばちゃん16

第一話

どっちの唐揚げ

五月七日、火曜日、午前十一時半。今日はゴールデンウィークが明けて初の営業だ。いつものように店を開けると、入り口の前で並んでいたお客さんを先頭に、次々とご常連が入ってくる。

「いらっしゃい」

「こんにちは」

「ご無沙汰《ぶさた》」

グループで来た人は同じテーブルに着き、一人で来た人たちもごく自然に相席でテーブルを埋める。誰《だれ》もが暗黙のルールに従い、流れるような動きに滞りがないのは、常連客中心の店ならではだろう。

「ロールキャベツ、小鉢プラスで」

「俺《おれ》、鶏唐《とりから》で小鉢プラスね」

「はい、毎度ありがとうございます」

お客さんの注文を受けると、皐《さつき》はよく通る声で厨房《ちゆうぼう》に通す。その声に唐揚げを揚げる油の爆《は》ぜる音、食器の重なり合う音、お客さん同士の楽し気な話し声が混ざり合い、小さな店を包むBGMが生まれる。

「はい、唐揚げ二丁」

二三《ふみ》が揚げたての唐揚げを二枚の皿に盛ると、皐はご飯と味噌汁《みそしる》をよそって盆に載せ、二人分の定食セットを調えた。

「お待たせしました。唐揚げ定食、小鉢プラスです」

運んだ先は四人で来ているワカイのOLの席で、先にロールキャベツ定食が届いた二人は、既に食べ始めている。唐揚げ定食を前にした二人は、待ちかねたように割り箸《ばし》を割った。

「いただきます！」

今日のはじめ食堂のランチ定食は、日替わりがロールキャベツと鶏唐揚げ、焼き魚はアジの干物、煮魚は赤魚。ワンコインは親子丼《どん》。小鉢は無料がきんぴらごぼう、五十円プラスで新じゃがのマスタード和《あ》え。味噌汁は豆腐ときぬさや、漬物はキュウリとカブの糠漬《ぬかづ》け……出来合いを買ったのではない、一子《いちこ》自慢のヴィンテージぬか床で漬けた逸品だ。

これにドレッシング三種類かけ放題のサラダがつき、ご飯と味噌汁はお代わり自由。それで一人前七百円とは、今の時代、滅多にお目にかかれないだろう。しかも、それが中央区佃《つくだ》にあるのだから、近所の会社に勤めるサラリーマンやＯＬが通ってくるのは当然だ。

確かに、もっと安い弁当や定食屋もあるが、極力既製品を使わず手作りにこだわり、季節感を大事にしたメニューを心がけて、この値段というのは奇跡に近い。

自宅兼店舗でテナント料がかからず、二三と一子の嫁姑《よめしゅうとめ》コンビに給料が発生しない利点はあるが、店員の皐も加えて三人の努力と工夫がなければ、とても続かない。

お客さんもそれが分っているから、先輩に誘われて一度来店すると、自《おの》ずとリピーターになってしまう。そんなお客さんたちに支えられて、はじめ食堂は昭和、平成、令和という三つの時代を生き続け、今に至っている。

「さっちゃん、今週、カレー何？」

若い頃《ころ》から通ってくれているご常連の中年男性客が訊《き》いた。

「カツカレーです」

「やったね」

お客さんは頰《ほお》を緩め、ぐいと親指を立てて頷《うなず》いた。

「ありがとうございました！」

皐は空いた席を素早く片付け、新しく入ってきたお客さんに指し示した。

「すみません、ご相席でお願いします」

初めて訪れたお客さんは、背広姿だからサラリーマンだろう。皐のきびきびした対応と店の流れに乗せられて、すんなり席に着いた。

ゴールデンウィークが終わると、はじめ食堂の営業もいよいよ中盤戦に差し掛かる。これから夏を迎え、秋が来て、はっと気が付けば年の暮れ……というのが、毎年繰り返す一年のリズム感だ。

午後一時を過ぎると、お客さんの最後の波が引き始める。一時二十分には残っていた三人のお客さんが同時に席を立った。

「こんにちは」

入れ替わりに入ってきたのが、遅い時間のご常連、野田梓《のだあずさ》と三原茂之《みはらしげゆき》だ。梓は三十年以上、三原は二十年近く、ほとんど毎日ランチを食べに来てくれている。

「ロールキャベツください」

三原が注文を告げると、梓も「私も」と同調した。煮魚か焼き魚の定食を頼むことが多いのだが、昭和四十（一九六五）年から続くはじめ食堂の伝統の味、ハンバーグ・ロールキャベツ・メンチカツなどのメニューのときは、決まってそれを注文する。

「最近、唐揚げ多くない？」

おしぼりとほうじ茶を運んできた皐に、梓が尋ねた。

「やっぱり人気なんですよ。そのたびに違ったレシピで作ってるんですけど……」

最近は鶏唐揚げのレシピも多くなり、本が出版されるほどだ。使う部位はもも肉かむね肉か、味付けのベースは醤油《しょうゆ》か塩か、隠し味は生姜《しょうが》、ニンニク、レモン、その他……。しかも揚げた後にかけるソースもあれこれ登場した。

「それで、いっそ王道レシピ一本に絞って、トンカツみたいに定番にしようかって話してるの。一日に何人かは、唐揚げ注文するお客さんって、いるのよね」

二三が後を引き継ぐと、一子が締めくくった。

「うちの定番は長いことトンカツと海老《えび》フライだったけど、唐揚げも仲間に入れて良いような気がしたんですよ。今ではみんな、立派な日本食ですからね」

梓が大きく頷いた。

「定番化、良いと思うわ。確か揚げ物人気ランキングの一位は唐揚げよ。トンカツは第三位だったかしら」

三原が思い出そうとするように、人差し指を額に当てた。

「ええと、二〇二二年の好きな魚介類のフライランキング、一位は海老フライ、二位がアジフライ、三位が牡蠣《かき》フライ……」

「やっぱり三つとも人気なんですよ。『かつや』も唐揚げと海老フライやってますもん」

皐が言うと、二三もつられて思い出した。

「銀座梅林《ばいりん》にも海老フライ定食があったわ。老舗《しにせ》のトンカツ屋さんも、海老フライを定番にしてる店がけっこうあるわよね。季節もので牡蠣フライとか」

話が進む間に、皐がロールキャベツ定食の盆を運んできた。

「これはお店から。ほんのお味見」

一子の差し出す小皿を、二三がテーブルに置いた。鶏の唐揚げが一つ載っている。

「オーソドックスに、お醤油ベースで生姜を香り付けにちょっと。これを定番にしようと思うの」

一子が厨房から言い添えた。

「塩ニンニク風味と交代で出そうかとも思ったんだけど、昼間からニンニクだと、気にする人がいるかもしれないから」

梓は湯気の立つ唐揚げに息を吹きかけ、慎重に端っこを齧《かじ》った。

「こっちで良いんじゃない？　醤油ベースって、一番ご飯に合う気がするわ」

「それに、ほのかな生姜の香りが良い。鶏の臭みが苦手な人にも食べやすいですよ」

梓と三原の好意的な感想に、二三と一子と皐はにんまりと顔を見合わせ、心の中で「やったね！」と快哉《かいさい》を上げた。

梓はランチに来るときはスッピンに黒縁眼鏡《くろぶちめがね》で、中年の女教師のように見えるが、実は銀座の老舗クラブのチーママを務めているベテランホステスだ。三原もラフな服装でご近所のご隠居のように見えるが、実はかつて帝都《ていと》ホテルの名社長として活躍し、今は特別顧問に迎えられている。二人とも目も舌も肥えているのだ。

時計の針が一時三十分に近づいた時、入口の戸が開いて、男女二人連れのお客さんが入ってきた。

「いらっしゃいませ。どうぞ、お好きなお席に」

二人は四人掛けのテーブルに向かい合った。

男性の方は六十前後、地味だが仕立ての良いスーツに身を包んでいた。中肉中背で特に目立ったところのない容姿だが、どことなく風格を感じさせる。しかし、芸能人でもなくヤクザとも思えないのに、黒メガネとでも呼びたくなるような濃いサングラスをかけているのが、ちょっと変わっていた。

女性の方は五十くらいだろうか。もの柔らかな雰囲気の美人だった。若草色のチュニックと白いパンツを合わせた爽《さわ》やかな服装に、控えめな化粧。

二三はその女性に見覚えがあった。何年か前、やはり今と同じくらいの時間にはじめ食堂を訪れてランチを食べた。それきり今日まで会ったことがないのに覚えているのは、その女性が昔、マスコミにもてはやされた有名人だったからだ。

間違いない。《レディ・ムーンライト》だわ。

二三は心の中で独り言《ご》ち、もう一度女性の顔を盗み見た。一時期世間の人の注目を集めていた人特有のオーラが、障子《しょうじ》越しに漏れる光のように、ぼんやりと周囲を包んでいる。超のつく人気占師だったのが、何かのスキャンダルに巻き込まれ、それ以来メディアから姿を消してしまった。あれからもう十年以上になる。確か、今はおでん屋を経営しているとかで、花岡《はなおか》商店の白滝の話で盛り上がったのだった……。

「ずいぶんと渋い店を知ってるな」

真行寺巧《しんぎょうじたくみ》はサングラスをかけた目で店内を見回した。かなり時代が付いている。優に築五十年は経《た》っているだろう。大手賃貸ビル会社のオーナー社長なので、瞬時に査定するのが習い性になっている。

「お客様のお見舞いで聖路加《せいろか》国際病院に行った帰り、偶然見つけたの。すごく美味《おい》しくて感じの良い店だから、また来たいと思ってたんだけど、チャンスがなくて」

玉坂恵《たまさかめぐみ》は嬉《うれ》しそうに答えた。今日は月島《つきしま》に行く用事があり、事情があって真行寺に同行を頼んだので、お礼にランチをご馳走《ちそう》しようと思ってやってきた。

「いらっしゃいませ。ご注文はお決まりでしょうか」

皐がほうじ茶とおしぼりをテーブルに運んで尋ねると、真行寺が即答した。

「海老フライ定食」

海老フライ定食ははじめ食堂のランチメニューの最高額で、一人前千円する。

「私は日替わり定食のロールキャベツ、お願いします」

「きんぴらごぼうの小鉢がつきますが、五十円プラスで新じゃがのマスタード和えもおつけできます」

「それもお願いします」

「こっちも小鉢プラスで」

恵はカウンターに引き返す皐を目で追って「新しい店員さんかしら？」と訝《いぶか》った。前に来たとき、サービス係は中年の女性だった。

「定食屋にしちゃ、ずいぶん美人度が高い店だな」

真行寺はおしぼりで手を拭《ふ》きながら言った。サービス係は宝塚《たからづか》の男役のようなきりりとした美しさで、厨房にいる年配の女性は往年の銀幕スターを彷彿《ほうふつ》させる。七十くらいに見えるが、本当はもっと高齢かもしれない。どっちにしても「年の割には」というエクスキューズを必要としない美しさは驚きだ。

「夜は居酒屋になるんですって」

「そりゃ強敵だ」

真行寺は皮肉っぽく片方の眉《まゆ》を吊《つ》り上げた。

「ホント。近所になくて助かったわ」

軽口を叩《たた》き合っているうちに、定食が運ばれてきた。

真行寺はピカピカのご飯を見て、当たりを予感した。海老フライにタルタルソースをつけて一口齧ると、予感は幸福に変わった。程よく揚がった海老もさることながら、自家製らしいタルタルソースの何と旨《うま》いことよ。

真行寺は添えてあったタルタルソースを全部食べてしまった。

「すみません、タルタルソースって、お代わりできますか？」

「はい。ひとカップ二十円頂いてるんですけど、よろしいですか？」

真行寺は即答した。

「二カップください。それと、持ち帰りってできますか？」

皐が困惑して厨房を振り返ると、二三はすかさずＯＫサインを出した。

「はい、大丈夫です」

「それじゃ、十カップください」

恵は呆《あき》れて「そんなに、どうするの」と呟《つぶや》いたが、真行寺は得意そうに言った。

「うちでご飯に載せて食べる。絶対に旨いはずだ」

二三はすかさずカウンターから声をかけた。

「お客さん、お醤油ちょっと垂らすと、最高ですよ」

真行寺は嬉しそうに頬を緩め、会釈した。

恵は胸がほんのり温かくなった。人は美味しいものを食べると素直になる。日頃は不愛想でへそ曲がりで皮肉屋の真行寺も、例外ではない。それを目の当たりにしただけで、はじめ食堂に来て良かったと思うのだった。

「こんばんは」

「いらっしゃい」

その日の夕方店を開けると、一番乗りは辰浪康平《たつなみこうへい》と菊川瑠美《きくかわるみ》のカップルだった。

「なんだか、ずいぶん久しぶりな感じがする。まだ十日くらいしか経ってないのに」

カウンターに腰をかけ、康平は懐かしそうな口調で言った。

「日本を離れたからじゃない」

隣の椅子《いす》に座った瑠美が応じた。

二人はゴールデンウィークの期間中、ベトナムへ行ってきたのだ。

「とりあえず小生」

「私も」

皐がおしぼりとお通しの新じゃがのマスタード和えをカウンターに運んだ。

「あちらはどうでした？」

康平はぐいと親指を突き立てた。

「最高！」

瑠美は笑いをかみ殺したが、その表情はいかにも幸せそうだった。

「いやあ、俺、人生初ベトナムだったけど、あんな良いとこだと思わなかった。食べ物美味《うま》いし、美人が多いし」

「駆け足じゃなくて、一週間滞在して北から南までゆっくり回ってきたの。私、アオザイ二着オーダーしちゃった」

現地の日本人に人気の店でオーダーしたので、日本語が通じた上に、出来上がりも素晴らしかったという。

「今度はアオザイだけじゃなくて、コートやスーツもオーダーしてみたいわ。日本じゃあり得ない値段で作ってくれるのよ」

生ビールで乾杯した後、瑠美はメニューを手に取った。

「ええと、そら豆、アスパラガスのオーブン焼き、あとはロールキャベツ」

瑠美はメニューを康平に手渡した。瑠美の注文するものはだいたい康平の好みと一致しているので、追加は康平に一任する。

「俺はアジフライ。これ、冷凍じゃないよね」

「あったり前でしょ。魚政《うおまさ》のご主人が豊洲《とよす》で仕入れたお裾分《すそわ》けよ」

魚政はこの佃大通りに店を構える鮮魚店で、今の主人政和《まさかず》で三代目になる。その父の政《まさ》夫《お》は古くからのご常連で、昭和の東京オリンピックの翌年に創業した当時のはじめ食堂を知る、数少ないお客さんだ。

「シメは筍《たけのこ》ご飯。ザ・日本って感じがする」

「ベトナムでは、どんなものを召し上がってたんですか？」

二三の質問に、康平と瑠美は顔を見合わせた。

「う〜ん、なんて言えば良いか……色々喰《く》ったからなあ」

「簡単に言えば家庭料理かしら。私、料理の神髄は家庭料理だと思うの。せっかくベトナムへ行くからには、それを食べたいと思って。ホテルのレストランで出てくるような料理は、多分日本でも食べられるし」

「どこかのお宅でご馳走になったんですか？」

皐が訊くと、瑠美は慌てて首を振った。

「ベトナムには《コム・ビン・ザン》っていう大衆食堂がいっぱいあって、地元の家庭料理を出してるの。どれも簡単に作れて、ご飯が進む料理ばっかり。いつも地元のお客さんでにぎわってたわ」

「あら、ベトナムのはじめ食堂ですね」

一子が言うと、瑠美は思わずポンと手を打った。

「それ、それ。まさにそんな感じ」

「だから一週間いても、全然飽きなかった。日本人好みの味っていうのもあるんだろうけど」

康平は改めて瑠美の顔を見直した。

「でも、瑠美さんがいなかったら、こんな旅行はできなかったね。そもそも一人でベトナム行かないし」

「ベトナムって南北に長いの。だから北のハノイと南のホーチミンでは、料理も味付けも違ってて、それも面白かったわ」

「あと、パン屋さんがいっぱいあって、どの店も結構美味かった。あっちじゃカレーは、ご飯よりバゲットで食べる方が多いんだって」

「ベトナムはフランスの植民地だった時代があって、フレンチの影響も受けてるのね。だから東南アジアで一番パンが美味しい」

二人はおしゃべりの合間にそら豆をつまみ、生ビールを飲んだ。話が止まらない様子だ。

二三はグラタン皿をオーブンから取り出した。

アスパラガスのオーブン焼きは万里《ばんり》が提案した料理だ。アスパラに細切れのベーコンとチーズを載せて十分焼き、さらに生卵を落として半熟になるまで焼いて完成。卵を崩しながら、熱々をいただく。

「熱いからお気を付けて」

二三は一声かけてから、訊いてみた。

「先生、うちで使えそうな料理、ありますか?」

「もちろん。ご飯のおかずに、酒の肴《さかな》にピッタリの料理、てんこ盛りよ。何品か見繕って、レシピ持ってくるわ」

「ありがとうございます」

日本で一般的なベトナム料理は、フォーと生春巻とバイン・ミーくらいだが、米を主食にしている国だから、ご飯に合う料理が沢山あるに違いない。レシピそのままでは無理があったとしても、アレンジ次第で何とかなるだろう。

考えると、二三は少し楽しくなった。メニューが広がると、はじめ食堂もちょっと広がる気がする。スケールも、そして時間も。

二三は小鍋《こなべ》でロールキャベツを温めている一子を見た。

はじめ食堂が孝蔵《こうぞう》から一子と息子の高《たかし》へ引き継がれたように、二三もいつか、次世代に引き継ぐことができたら……。そんな大袈裟《おおげさ》なことではなくても、ここまで続いたはじめ食堂を、少しでも長く続けていきたい。

一子が顔を上げて言った。

「康ちゃん、筍ご飯のお供、わかめの味噌汁で良いかしら？」

康平は熱々のアスパラを口に入れてハフハフ言いながら、ＯＫサインを作った。

翌日、午後五時半に店を開けてすぐ、若い女性が一人で店に入ってきた。

「こんにちは」

「いらっしゃ……」

言いかけて皐は思わず言葉を飲み込んだ。テレビのCMでよく見る顔だったからだ。あわててカウンターを振り返ると、二三は一子を促して厨房から出てこようとしていた。

「お久しぶり！」

二三が弾んだ声で言うと、その女性、人気女優の御子神玲那《みこがみれいな》は屈託のない笑みを浮かべた。

「おばさんも一子さんもお元気そう。ちっとも変わらないわ」

「玲那さんはすっかり大きくなって。ご活躍ね」

一子は目を細めて玲那を見た。

「あのう、前からお知り合いなんですか？」

事態を飲み込めない皐は、腑《ふ》に落ちない顔で首をかしげている。

「前に一度、いえ、二回お店に来てくれたの。あの頃はまだ中学生？」

二三の問いに、玲那は頷いた。

「去年、大学生になりました」

玲那は白樺《しらかば》女子学院という、幼稚園から大学まで擁するお嬢様学校に通っていた。当然エスカレーターで大学まで進んだのだろう。

「それはおめでとう」

「白樺じゃないんです。あそこは芸能活動禁止だから、高校は通信制に行って、城南《じょうなん》大学に進学しました」

「あら、まあ」

立ったままなのに気が付いて、一子が言った。

「とにかく、座ってちょうだい。何か飲む？」

「ありがとう。ウーロン茶ください」

玲那は四人掛けのテーブルに腰を下ろし、一子を見上げた。

「良かったら一子さんもご一緒してください」

「ありがとう」

一子は玲那の向かいに腰を下ろした。

二三はテーブルにウーロン茶を二つ運ぶと、邪魔をしないよう、厨房に引き返した。玲那がはじめ食堂に来るのは、大好きだった亡き祖母を知る、一子に会いたいからなのだ。

「何か悩んでるの？」

一子が訊くと、玲那は小さく肩をすくめた。

「ちょっと」

玲那は樋口玲子《ひぐちれいこ》という女性の孫に当たる。玲子はオードリー・ヘップバーンに似た美貌《びぼう》の持ち主で、今の玲那とそっくりだった。

玲子の母は一子の夫・孝蔵の初恋の人だったが、運命のいたずらで引き裂かれた。玲子は一時孝蔵を父親と思い込んでいたが、誤解が解けた後は、男として惹《ひ》かれるようになった。しかし孝蔵は一子一筋で、玲子の想《おも》いは叶《かな》わなかった。それでも玲子母娘《おやこ》を案ずる孝蔵の気持ちは、しっかりと玲子の胸に届いた。

玲子はその後、御子神財閥の御曹司《おんぞうし》に見初められ、玉の輿《こし》に乗った。子供や孫に恵まれたが、その中で玲子の美貌と気性を受け継いだのは、玲那だけだったらしい。

玲那は中学生の時から芸能活動を志した。家族の猛反対にあったが、大手プロダクションのオーディションを受けて合格し、着実にスターへの道を歩んでいる。話題のドラマや映画に出演し、大手企業のＣＭにも起用された。まさに順風満帆のはず……なのだが。

「このまま進むのが、ちょっと不安なの。物足りないって言うか」

「どういうこと？」

「あの、私、ものすごく簡単に人気が出ちゃったでしょ。血のにじむような努力とか全然してないのに、あっという間に世間に顔が売れちゃって」

玲那はほんの少し顔をしかめたが、その表情もたいそうチャーミングだった。

「なんだか、ベルトコンベアーに乗せられて、すごいスピードで進んでるみたいな気がするの。でも、私にはその行き先が分らない」

玲那はため息をついて肩をすくめた。

「ただ、このままじゃいけない気がする。何となく、ここで降りないと大変なことになるりながら。

一子は玲那の言葉を頭の中でゆっくりと反芻《はんすう》した。玲那の悩みの核はどこにあるかを探
「実際に芸能界に入ってみたら、予想とは違っていたってことかしら?」

「ざっくり言えば、そんなとこ」

「回ってくる仕事が気に入らないの? やりたくない役をやらなくちゃならないとか?」

玲那は首を振った。

「そんな贅沢《ぜいたく》言える身分じゃないのは分ってる。まだほんの駆け出しだもん。セリフのある役もらえるだけでも、ありがたいと思わなくちゃいけないのよね」

「良い心がけね。玲那さんがそういう気持ちなら、不安の種はどこにあるのかしら?」

「ええっと、うまく言えないんだけど……」

玲那は天を仰ぐように天井を見上げた。

「このまま歳《とし》を取るのが怖いの」

玲那は顔を元の位置に戻し、今度はじっと一子の顔を見つめた。

「ドラマや映画で共演する俳優の方は、ほとんど私より年上でしょ。その中で五十代、六十代で活躍してる女優さんは、いわばサバイバーよね。若い頃から大勢の女優さんたちと競って、勝ち残ってきたんだから」

一子は何人かの女優の顔を思い浮かべた。若い頃から売れていて、中高年になってもドラマや映画で活躍した女優たち……。

「あの方たちの年齢になった時、自分はどうなっているんだろうと思ったら、すごく不安で」

一子は昔読んだ本の、マリリン・モンローが歳を取ることを非常に恐れていた、という記述を思い出した。自分の人気はセクシーな容姿に支えられている、と考えた故に。

「それはつまり、歳を取ると容姿が衰えるから？」

「そうじゃなくて……」

玲那はもどかし気に両手を動かした。

「この前聞いたんだけど、宮崎美子《みやざきよしこ》さんはデビューがグラビアだったんですって。それからCMで水着姿が評判になって、ドラマに出るようになって」

一子もその有名なCMは覚えていた。つまり、それくらい印象的だったのだ。

「それから四十年以上の間、ドラマや映画……宮崎さん、黒澤明《くろさわあきら》の『乱』に出てるのよ……クイズ、バラエティ、情報番組、全方位で大活躍でしょ。もう、すごすぎてため息が出る」

「それはやっぱり、ご本人の努力でしょうね。もちろん、運にも恵まれたと思うけど」

玲那は素直に頷いた。

「この前、高島礼子《たかしまれいこ》さんとご一緒したの。休憩時間にお話しさせていただいたんだけど、その時、高島さんが下積み時代が長かったって聞いて、ビックリ」

玲那は高島礼子の華やかなイメージから、最初からスター街道を歩いていたのだろうと思っていた。ところが高島礼子は意外なことを言った。

「私、死体の役は全部やったのよ。絞殺、刺殺、撲殺、焼死、溺死《できし》、ひき逃げ……やってないのは飛び降りくらい」

死体の役は女優も敬遠しがちだし、プロダクションもさせたがらない。そこで高島礼子は「私、やります！　じゃんじゃん仕事入れてください！」と自分からアピールしたという。

「そうするとプロデューサーも『あの子は前回死体の役で頑張ってくれたから、今度はもう少し良い役つけてあげよう』って思うでしょ。みんながうまくいくとは限らないけど、私はそうやって少しずつ、自分を売り込んだの」

そこまで話して、玲那は再び大きなため息をついた。

「お二人ともすごいと思う。努力の塊よ。でも、私はどうやって自分を磨いたら良いのか分らない。このまま歳を取ったら、どうなるんだろう。きっと、何も残らない」

玲那はウーロン茶を一気に飲み干した。

「今活躍してる年配の俳優さん、小劇場出身の方も多いの。演技力があるし個性も強いから、売れるの当たり前よね。でも、私にはそれもない」

一子は答えはすでに出ていると思った。マリリン・モンローも「セックス・シンボル」のイメージから脱するために、アクターズ・スタジオで演技の勉強をしたではないか。

「玲那さんはもしかして、正式な演技の勉強がしたいの？」

玲那は黙って頷いた。

「このままじゃ不安なの。今は若いから何とかなってるけど、これから先は違う」

玲那は大きく息を吸い込んだ。

「私、この仕事好きなの。これから先も続けたい。五十になっても六十になっても活躍できる息の長い俳優になりたい。そのためには演技の勉強をして、色々な技術を身につけないと、ダメだと思う」

「どこかの劇団に入るの？」

「イギリスに、うちの大学と姉妹校の大学があって、そこの演劇科がすごく有名なの。できればそこで勉強したい」

一子は面食らった。演技の勉強をするのに外国へ行くというのが、よく理解できなかった。

「イギリスって英語でしょ。大丈夫なの？」

「うん。子供の頃からイギリス人の家庭教師がついてたから」

玲那は一呼吸おいてから先を続けた。

「日本の劇団の試験を受けることも考えたけど、やっぱりやめた。私、もう色がついてるから、ゼロから始めるの難しい」

「色って?」

「テレビや映画で顔が売れてるでしょ。それに、御子神の名前もある。ただの俳優志望の新人として、フラットに見てくれる人、少ないと思う」

それは自慢ではなく、厄介なものを語る口調だった。今の玲那には、恵まれた環境が重荷に感じられるのかもしれない。

「でも、イギリスなら誰も私の事、知らないでしょ。そこで、ゼロから勉強してみたい」

「そこまで気持ちが決まってるなら、もう迷うことはないわね」

一子は優しく微笑《ほほえ》んだ。

「それなのに、どうして悩んでるの?」

「マネージャーが反対なの」

玲那は一子から目をそらし、テーブルに視線を落とした。

一子は少し意外だった。玲那は玲子からオードリー・ヘップバーン似の美貌だけでなく、自分の意志を貫く強い性格も受け継いでいた。本来なら、他人の反対などものともしないはずなのに。

「三枝《みえ》さん……マネージャー、曽根崎《そねざき》三枝さんって言うんだけど、私、すごくお世話になった。両親を説得して芸能界入りを認めさせてくれたのも、通信制の高校を世話してくれたのも、みんな三枝さん。それに、どの仕事受けて、どの仕事断るか、決めてくれて」

曽根崎三枝は腕の良いマネージャーで、玲那の前にも若い男女の俳優を三人育て、スターの座に押し上げた実績があるという。

「私がデビューしてすぐ売れっ子になったのも、三枝さんのお陰だと思う。彼女の戦略が当たったから」

一子は芸能界のことは知らないが、玲那がその女性を信頼し、頼りにしていることはよく分った。

「良い方に担当してもらえて、良かったわね」

「うん」

玲那はまるで自分が褒められたかのように、嬉しそうに頷いた。その輝くばかりの笑顔を見ると、敏腕マネージャーの戦略が当たったのも、玲那の持って生まれたスター性があればこそと思われた。

「三枝さんはね、今ここでキャリアを中断するのは致命的だって言うの。取り返しのつかないことになるって」

「えーと、つまり、せっかく人気が出たのに、何年も日本を離れるのはもったいないってこと？」

「うん。人気は空気だから、移ろいやすいんだって。誰かが抜けたら、そこにはすぐ別の空気が入ってくる。人は忘れっぽいから、前の空気の色なんか誰も覚えていてくれないって」

「うまいこと言うわねえ」

さすがは敏腕マネージャーだと、一子は感心してしまった。

「確かに、三枝さんの言う通りかもしれない。イギリスから帰ってきた頃には、私は忘れられているかもしれない。でも、そうなっても仕方ないと思う」

玲那はきっぱりと言った。

「私は別に、スターじゃなくても良いの。好きなお芝居を続けたいだけ。オーディションを受けて、役を摑《つか》むわ。簡単じゃないのは分ってるけど、演技力があれば、挑戦を続けられる」

「玲那さんの気持ちは、ちゃんとマネージャーさんにお話ししたの？」

玲那は顔を曇らせ、気弱な口調になった。

「まだ。……あのね、私が仕事を辞めてイギリスへ行っちゃったら、三枝さん、社長に怒られるかもしれない。監督不行き届きだって。それが心配なの」

「ああ、そういうわけだったのね」

玲那は素直に頷いた。

「私、三枝さんにだけは迷惑かけたくない。お世話になっただけじゃなくて、私のこと、分ってくれたから。私の気持ちを理解してくれた人って、死んだお祖母《ばあ》ちゃんと三枝さんだけだから」

一子は初めて玲那の孤独に触れて、胸が痛んだ。若さと美貌と才能に恵まれ、光り輝いているように見えても、玲那は家族の中ではずっと「異端者」だったのだ。唯一の理解者だった祖母の玲子も、玲那が中学生の時に亡くなった。それから玲那はずっと、自分を理解し、全面的に受け入れてくれた、祖母のような人を求めていたのだろう。

それがマネージャーの三枝だった。少なくとも玲那はそう思ったようだ。

「それなら、やっぱりキチンとお話ししないといけないわ」

玲那はまっすぐに一子の目を見返した。

「まだ気持ちが決まらないならともかく、玲那さんはもう、イギリスへ行くことを決めているんでしょう。それなら全部話した方が良いわ。自分がいなくなって、マネージャーさんに迷惑がかかるんじゃないかって、心配していることも含めて」

一子は玲那の背中を押すような気持ちで言葉を続けた。

「そうすれば、マネージャーさんも分ってくれるかもしれない。たとえ結論は変わらなくても、玲那さんが心からマネージャーさんに感謝して、心配してる気持ちが伝われば、これからの二人の関係にプラスになると思うわ」

「そう思う？」

一子は大きく頷いた。

「人はそれぞれ立場が違うから、利害が一致しないこともあるわ。でも、相手が自分に好意を持っているのが分ったら、そう悪くは思えないものよ」

玲那の顔に安堵《あんど》の色が広がった。

「やっぱり、一子さんに会いに来て良かった」

やれやれとでも言いたげに、玲那は大きく伸びをした。

「あ～、ホッとしたらお腹空《なかす》いちゃった」

「何でも好きなもの注文してね」

玲那は早速メニューを手に取った。

「え～と……あ、海老フライがある」

「ご飯と味噌汁とお新香で、定食セットにできるわよ」

「それください。海老フライ大好き」

一子は椅子から立ち上がった。海老フライの注文が入った時は、自ら揚げることにしている。直接習ったことはないが、ずっと間近で見ていたので、少しは孝蔵の味に近いものができると思っている。

「こんにちは」

一人で店に入ってきた辰浪康平は、食堂の椅子に座っている玲那の姿を見て、一瞬息を呑《の》んで足を止めた。が、そこは良識ある大人として、見なかったふりをしてカウンターに腰かけた。

「いらっしゃい」

皐がお通しとおしぼりを出した。今日のお通しはランチの有料小鉢、卵豆腐だ。

「ええと、小生」

康平はおしぼりで手を拭きながら、ちらりと客席に目を走らせ、声に出さずに皐に「あれ、……だよね？」と確認した。皐も黙って頷いた。

「康平さん、ベトナムの味、クレソンと香菜《シャンツァイ》のサラダ、食べる？」

二三がカウンターから首を伸ばして尋ねると、康平は首を振った。

「それは瑠美さんと二人で来た時に取っとく。今日は昔ながらのはじめ食堂のメニューにする」

康平はメニューを手に、ざっと眺めた。

「ええと、中華風冷奴《ひややっこ》、筍と油揚げの煮物……」

その時、一子が油鍋に衣をつけた海老を投入した。ジュッと油の爆ぜる小気味よい音が流れた。

「おばちゃん、何揚げてんの？」

「海老フライ」

一子が答えると、康平はごくんと喉《のど》を鳴らした。

「俺も久しぶりに海老フライ食いたくなった」

「シメの定食セットにしてあげようか？　カブのおみおつけで」

「うん、お願い」

二三は自然と笑みを漏らした。

「昨日ランチに来たお客さん、お姑《かあ》さんの海老フライ気に入って、タルタルソース十カップも買って帰ったのよ。家でご飯にかけて食べるんですって」

「気持ち、分る。ここのタルタルは絶品だよね。パンにつけても美味いし」

一子は香ばしく揚がった海老フライを皿に盛りつけた。付け合わせはキャベツの千切りとマカロニサラダ。日によってポテトサラダに変わることもある。

「おまちどおさまでした」

皐が海老フライ定食をテーブルに運ぶと、玲那は目を輝かせた。

「わあ、美味しそう。いただきます！」

康平は再び声の主をちらりと盗み見て、声を落として訊いた。

「どゆこと？」

「あとで話す」

二三もできる限り声を絞って答えた。

玲那は嬉しそうに割り箸を取った。

「ああ、お祖母ちゃんが言ってた。孝蔵さんの海老フライ、絶品なんだって」

玲那は最初は何も付けずにフライを食べ、二口目に自家製タルタルソースを載せて口に入れた。

「おいしい！」

玲那は声を弾ませた。

「フライも美味しいけど、タルタルソースも最高！」

一子は嬉しそうに微笑んだ。

「ありがとうございます。きっと、亭主もあの世で喜んでるわ。玲子さんの初恋の味だから」

玲那はそこで神妙な顔になった。

「お祖母ちゃんも私も、このお店に出会って本当に良かった。今日、それがよく分りました」

一子はかつての玲子とそっくりの玲那の顔がまぶしく、愛《いと》おしかった。その幸せを願わずにはいられない気持ちだった。

「あたしも玲子さんと玲那さんに出会えて、本当に良かったと思ってますよ。人生の宝が増えました」

玲那は一度箸を置き、小さく会釈すると、それから若い食欲に急《せ》かされるようなスピードで、海老フライ定食を平らげた。


御子神玲那がはじめ食堂を訪れてから二日過ぎた午後、ランチ営業を終え、三人で賄《まかな》いを食べ終わった時、遠慮がちに入口の戸が開いた。「営業中」の札は「準備中」にしてあるはずなのだが、四十代半ばの女性が「あのう、すみません」と顔を覗《のぞ》かせた。

二三は椅子から腰を浮かせた。

「申し訳ありません。ランチの営業は終わったんですが」

「突然失礼します。お客じゃないんです」

女性は深々と頭を下げた。ショートカットの小柄な女性で、ビジネス仕様のスーツを身につけて、上質な革のトートバッグを肩にかけ、高級洋菓子店の紙袋を下げていた。

「私、御子神玲那のマネジメントをしております、曽根崎三枝と申します」

三枝はスーツのポケットから名刺入れを取り出し、二三と一子と皐に名刺を手渡した。

「これは、皆さんでどうぞ、お召し上がりください」

続いて高級洋菓子店の紙袋を二三に差し出した。

「ご丁寧に畏《おそ》れ入ります」

二三は空いているテーブルを指し示した。

「どうぞ、おかけください」

三枝は恐縮して再び頭を下げた。

「本当にすみません。お忙しいところにお邪魔しまして。すぐに失礼いたしますので」

二三は一子にも席に着くようにと目で促し、三枝に言った。

「玲那さんは姑《はは》を訪ねてきて、二人で話していました。玲那さんのことなら、姑と話していただければ分ると思います」

一子は椅子の後ろに立ち、三枝に向かいの席を勧めた。

「さ、どうぞ」

三枝は椅子に腰かけ、もう一度一子に頭を下げた。

「玲那がご迷惑をおかけしまして……」

一子は笑みを浮かべて首を振った。

「いいえ、迷惑なんか、ちっとも」

皐は気を利かせてテーブルにお茶を運ぶと、あとは話の邪魔をしないように厨房に引っ込んで、二三と一緒に汚れた食器類を洗い始めた。

「玲那さんはイギリスへ留学したいそうです。そのことはもう、ご本人の口からお聞きになりましたか？」

話の糸口になればと、一子は打ち明けた。

「昨日、ゆっくり話し合いました。本人の気持ちは固いようです」

三枝はそこまで言って一度口を閉じた。心の中に渦巻く思いの何を話せば良いか、迷っているようだった。

「玲那さんの気持ちがすでに決まっているなら、あとは見守るしかないように思いますが……」

一子が水を向けると、三枝は迷いを断ち切ったのか、きっぱりと言った。

「玲那は今が一番大事な時期なんです。《新人》という肩書が取れて、本物の女優になれるかどうかの瀬戸際なんです。ここでせっかく築いてきたキャリアに何年もブランクを作るのは、致命的なことです」

三枝はテーブルの上で両手を組み合わせた。

「似たような例はいくつもあります。せっかくテレビで人気の出た若い俳優が、人気を投げうってハリウッドを目指し、何年も日本を離れる。でも、結局成功できずに日本へ帰ってくると、もう主役を張れるほどの人気はなくなっていて、ひどいときには芸能界での居場所さえ失ってしまう……」

一子は芸能界に疎《うと》いので、具体的な名前は思い浮かばなかったが、おそらく三枝の言う通りなのだろう。しかし、玲那はまだ二十歳《はたち》にもなっていない。

「あのう、素人考えでごめんなさいね。でも、大学を卒業してから芸能界デビューするタレントさんも、大勢いますよね。それを考えると、今の玲那さんが留学することが、それほど大きなハンデになるんでしょうか?」

過去に見たドラマや映画を思い出しても、女優は十代より二十代の方が、活躍の場が広がるように思える。

「二十代で芸能界デビューするのと、十代から活躍していた子が一時休業して、二十代で再デビューするのとでは、鮮度が違うんです。若い女優の場合、鮮度は特に大事なんです」

三枝は言葉に力を籠《こ》め、先を続けた。

「芸能界だけじゃありません。日本は社会全体が鮮度重視なんです。ほとんどの企業は新卒一括採用で、中途採用は少数派ですよね。だから就職氷河期で正規雇用されなかった人は、その後も正社員に採用されないままのことが多いんです。私の同級生にも、いまだに非正規の派遣労働で苦労している人がいます。私は玲那に、誤った選択をしてほしくないんです。あの子の才能とスター性を、このまま順調に伸ばしてやりたいんです。留学なんかしてブランクを空けたら、これまでの苦労が水の泡です」

三枝の言う事は一理あった。しかしそれは、玲那の望んでいる「息の長い活躍ができる俳優になりたい」という望みとは、相反する主張ではないかと思われた。

「あのう、曽根崎さんのお話を伺うと、女優さんは旬《しゅん》を過ぎたら価値がなくなるように聞こえます。玲那さんは五十、六十になっても活躍できる、息の長い俳優になりたいと言っていました。旬を過ぎても活躍するために、演技の勉強に時間を費やすことは無駄にならない……いえ、むしろ必要なことなんじゃありませんか」

三枝は一度口を開きかけたが、すぐに閉じた。一子に正論を返されて、慎重に言葉を選ばなくてはならなくなった。

一子は三枝の様子を見て、わずかに不審を感じた。一子に言ったことは嘘《うそ》ではないのだろうが、それだけがすべてではない。口にしない別の事情があるような気がした。

「曽根崎さんが留学に反対なさっている理由は、それだけですか？　他にもあるんじゃありませんか」

穏やかな口調だったが、三枝はチクリと胸を刺された気がした。一子は咎《とが》めるのではなく、いたわるような目で三枝を見返した。

「玲那さんは、こう言っていました。留学はしたいけど、三枝さんが社長に怒られたら困る。会社の中で三枝さんの立場が悪くなったら、どうしよう。考えると心配でたまらない……」

三枝は内心の動揺を表すように、視線を泳がせた。

「玲那さんは、曽根崎さんのことが大好きなんですね。本人は気が強いから表に出さないけど、きっと毎日寂しい思いをしていたんでしょう。家族の中でたった一人、玲那さんを理解して、すべてを受け入れてくれたのは、あの子のお祖母さんだけでした。そのお祖母さんが亡くなって、曽根崎さんに出会った。玲那さんには、お祖母さんと同じくらい、曽根崎さんはかけがえのない人なんですね」

三枝は短い間に、何度も目を瞬《しばた》いた。一子の言葉に、心が波立っている。三枝だって玲那を大事に思っている。しかし、商品としての価値で測っていた部分は否めない。

ところが玲那は仕事上の関係を超えて、三枝を慕ってくれたという。唯一の理解者と思って信頼を寄せてくれたという。

感情の溢《あふ》れるままに、三枝は言葉を吐き出していた。

「私、会社を辞めて独立しようと思っています」

一子は黙って頷き、先を促した。

「入社以来、私は必死で働いて、実績を上げてきました。社長からも信頼されていました。五年前、社長から直々に、次期社長に推すと言われました。口約束ですが、私は信じていました」

社長は五年前に長年連れ添った妻を亡くし、子供もなく、孤独な身の上だった。そのせいか金や権力に執着する気持ちが薄く、常に是々非々で判断する公平な人だった。

「ところが社長は三年前、突然再婚しました。三十歳年下の女性と」

翌年、二人の間に男の子が生まれた。すると急に「会社を妻と息子にそっくり残したい」という気持ちが芽生え、たちまちのうちに大きく成長した。

そうなるとやることは決まっている。実力のある部下を追い出して周囲をイエスマンで固め、まずは妻、次は息子に引き継がせるべく、露骨に強権を発動し始めた。

「独立の意志は、相野《あいの》亮太《りょうた》と舞原《まいはら》美紅《みく》、加藤《かとう》志摩《しま》の三人には伝えました。三人とも、私と行動を共にすると約束してくれました」

相野亮太も舞原美紅も加藤志摩も、三枝がスカウトしてマネジメントを担当し、売れっ子の人気俳優に育て上げた。三人とも三枝を心から信頼しており、社長の理不尽なやり方には義憤を感じていた。

同時に、イエスマンと素人の社長しかいないプロダクションでは、まともなマネジメント活動はできないと予想してもいた。それなら早いうちに三枝の作る会社にマネジメントを任せた方が、これからの将来安全だろう、と。

「そのお話は、玲那さんには？」

三枝は首を振った。

「打ち明けようとしたとき、玲那の方から留学の相談をされました。それで、言い出しにくくなってしまって」

三枝は訴えるように言葉を続けた。

「亮太と美紅、志摩の三人で不足というわけではありません。でも、私は玲那も連れて行きたかったんです。正直、独立は賭《か》けです。あの子が留学を終えて日本に帰ってきたとき、私の会社はつぶれているかもしれない。そうなったら、私はあの子のキャリアを次につなげることができなくなってしまう。今のプロダクションに戻ったら、マネジメントをしくじって、余計なダメージを負わされるかもしれない。そう思うと、どうしても玲那を手元に置いておきたかったんです」

「よく分りました」

一子はやっと得心が行った。

「あなたと玲那さんは、信頼関係で結ばれた、良いパートナーです。だから、隠さずに全部話して、お互いの気持ちを確かめ合ってください。そうすれば、きっとお互いに納得のできる結論が出ると思いますよ」

一子は励ますように、三枝に向かって頷いた。

「もしかしたら、玲那さんはあなたのために留学を諦《あきら》めるかもしれない。あるいは、やはり留学を選ぶかもしれない。でも、どっちを選んでも、あなたと玲那さんの信頼関係は変わりません。だから、お二人は大丈夫ですよ」

不思議なことに、三枝は急に肩に乗っていた重しが取れたような気がした。胸にしまっていた秘密を吐き出してしまったからだろうか。軽々として、晴れやかな気分だった。

「一子さん、ありがとうございました」

三枝はテーブルに額が付きそうなほど深く、頭《こうべ》を垂れた。

「私、正直にすべてを玲那に話します。その上で、あの子の留学を応援します」

何故《なぜ》だか分らないが、今、三枝の心の中には確信に近い気持ちが生まれていた。

「玲那は旬を過ぎたら売れなくなるような、そんな儚《はかな》い才能の持ち主じゃありません。一子さんの仰《おつしや》るように、五十、六十になっても、いいえ、もっと年を重ねても、活躍できる女優に育ってくれるはずです。いつまでもファンに愛され、スタッフに信頼される存在になれるはずです。私はそれを信じて、あの子のマネジメントをしていきます」

「どうぞよろしくお願いします……私が言うのも変ですが」

一子はほんのりと微笑を浮かべた。

「三枝さんもこれからが正念場で、ご苦労でしょうが、どうぞ頑張ってくださいね」

「ありがとうございます」

二人は椅子から立ち上がり、別れの挨拶《あいさつ》にお辞儀をした。

三枝が店を出て行くと、二三と皐も厨房から出てきて、一子のそばに立った。

「なんだか、うまく話がまとまったみたいで、良かったね」

すると皐が少し残念そうに言った。

「確かに、今の御子神玲那の人気を思うと、留学でブランク作るのは、もったいないような気もしますよね」

「でも、本人が行きたいんだからしょうがないわよ。ね、お姑さん」

一子は二人を交互に見て、小さく頷いた。

「あたしは玲那さんは、どっちを選んでも大丈夫だと思う。スターっていうのは結局、運命だから」

後片付けが終わったのを見極めて、一子は三角巾《さんかくきん》と前掛けを外した。

「生まれながらにその運命を背負ってるってこと？」

二三が訊くと、一子はにっこり笑って答えた。

「そういうこと。唐揚げと同じよ。唐揚げって決めたら、醬油ベースでも塩ベースでも、どっちでも美味しいでしょ」

「スター唐揚げ説？　ちょっと無理があるかも」

二三はそう言いながらも、頭の隅でそうかもしれないと思った。

このまま日本で芸能活動を続けても、イギリスへ留学してキャリアを一時中断しても、玲那はスターの輝きを放つ存在であり続けるだろう。

「きっと、運命なのよねえ」

二三は天井を見上げ、見えるはずのない星空を瞼《まぶた》に思い描いた。

第二話

迷子の塩大福

六月の初旬、関東はまだ梅雨《つゆ》入り前で、五月晴《さつきば》れの延長の青空が広がっている。抜けるように青く、雲が白い。

「今日も良い天気ね」

店の前で空を見上げ、二三《ふみ》は声に出して言った。そうするとこれから始まる一日が、より心地よく過ごせるような気がする。

二三は軽ワゴン車の後ろに回って後部ドアを開け、築地《つきじ》場外で買ってきた食材を降ろした。店の中に運んで、生ものは冷蔵庫にしまい、それ以外は常温で保存する。

毎週月曜日は午前八時に築地場外に買い出しに行く。元は火曜日と金曜日だったが、還暦を過ぎて体力が衰えたのを機に、築地通いは月曜に限定した。

長年の習慣で、買う店も買う品もほとんど決まっているので、買い物はあっという間に終わって、八時半には戻ってくる。これにはテクニックが必要で、あらかじめ店ごとに買い出しリストを準備して、一番手前の店から手渡していく。最奥の店で買い物を終えると、元来た道を引き返す。すると二三が戻ってくるまでに、途中の店では品物を用意して合計金額を出しておいてくれる。だから無駄な時間を使わずに、お金を払って品物を受け取れる。

それにしても……。店の中に段ボールを運びながら、二三は感慨を覚えた。

築地に通うようになって、早いもので来年で二十年になる。業者が買い出しにくる場所だった築地場外は、気が付けば観光スポットになっていた。弁当の折などの業務用容器を売っていた店が、観光客相手に「食べ歩き用」のおにぎり屋に転業し、「あれ？」と思ったのが最初だった。それからほどなく、懇意にしていたお店の何軒かが廃業してしまった。店主が高齢になって後継者がいない。業務用の冷凍魚や干物は観光客には売れない。主な理由はその二つだ。そして店の跡地は、寿司《すし》や丼物《どんぶりもの》など、観光客相手の飲食店になった。

それでも、うまく観光客を取り込んで、たくましく商売を続けている店も多い。卵焼きを小分けにして串《くし》に刺し、歩きながら食べられるようにしたり、店頭で貝を焼いて使い捨て容器に盛り、手軽に味わえるようにしたりと、店を続けるために涙ぐましい努力をしている。

だからきっと、場外は大丈夫。これからも続いて行くわ。

心の中で独り言ちてから、二三は厨房《ちゅうぼう》を出て二階に上がった。これから九時半まで、茶の間で一休みする予定だ。この一休みも大切で、大人の階段をてっぺん近くまで上がった身には、一休みがあるのとないのとでは、疲れ方が大きく違う。

「おかえり」

座椅子《ざいす》にもたれてテレビを見ていた一子《いちこ》が顔を上げた。

「何か目玉、あった？」

「ホッケの干物。こんなでかいの」

二三は両手を三十センチくらいに広げた。

「一枚百六十円。ちょっと高いけど、明日のメインに宣伝しよう」

「そうね。青魚と同じで体に良いし」

一子はテレビの画面に目を戻した。朝のワイドショーは、どこかの街のレポートを流していた。

「『お婆《ばあ》ちゃんの原宿《はらじゆく》』と言われた巣鴨《すがもじ》地蔵《ぞうど》通《お》り商店街ですが、最近は訪れる若者が増えて、リアル原宿化しています！」

若い女性リポーターは洋傘店の店主にマイクを向けた。

「流行病《はやりやまい》でお婆ちゃんたち、出てこなくなっちゃったんです。それで少し、若い人向けの商品を増やしたんですけど」

人の好《よ》さそうな中年の店主は、丁寧に質問に答えた。

「地蔵通り商店街では、毎月四のつく日、四日、十四日、二十四日が縁日で、百軒を超す屋台でにぎわうんですが、流行病の期間は自粛していました。それでも徐々に復活して、縁日の活気が戻ってきたんです。明日の縁日も、にぎやかになりそうです」

ナレーションにかぶせて、過去の縁日の映像が映し出された。二〇〇八年の映像は、ラッシュ時の電車のように、通りいっぱいに人の波があふれていた。二〇二一年の映像は、店は営業しているものの屋台の数は少なく、人通りもまばらだった。そして去年の映像では、若い人の姿が目立っていた。和菓子屋で饅頭《まんじゆう》や塩大福を買ったり、昭和レトロな喫茶店に入ったりして「時間がゆっくり流れる感じが良いですね」「リアル昭和って感じ」などと感想を漏らした。

一子はほうじ茶を啜《すす》って、苦笑交じりに言った。

「『お婆ちゃんの原宿』って言われてるけど、考えてみれば、あたし、これまで巣鴨には一度も行ったことないわ」

「私もお婆ちゃんだけど、行ったことないわ」

二三も湯呑《ゆのみ》にほうじ茶を注《つ》いだ。

「繁華街じゃないから、特別な用事でもないと行かないわよね。友達が住んでるとか、お気に入りの店があるとか」

テレビ画面に目を戻し、懐かしさを感じさせる商店街の映像を眺めながらほうじ茶を啜った。

「でも、こういう商店街って、少なくなったわよね。昔はうちの近所にもあったけど、今はシャッター閉めてる店が増えたって」

子供の頃《ころ》、二三の母親は夕方が近くなると、買い物かごを提げて商店街へ出かけた。近所のおばさんたちもそうだった。家庭用の冷蔵庫が小さかったから、主婦はほぼ毎日、買い物に行ったものだ。

二三は小さい頃、毎回のように母親の買い物にくっついて行った。まだスーパーは主流ではなく、野菜も肉も魚も乾物も豆腐も、皆個人商店で買った。卵はパック売りではなくて、一個一個選んだものだ。隣のおばさんは卵を買うとき、必ず電球の光で透かして見ていた。あれは何のまじないだったのだろう……。

思い出すうちに生あくびが出て、二三はそのままごろりと畳に寝転んだ。ほんの二〜三十分だが、二度寝するのも悪くない。

「珍しい。フォーなんてあるの?」

ご常連のワカイのOLが、本日のワンコインメニューを見て、嬉《うれ》しそうに言った。

「これから暑くなりますからね。暑い国の料理で、体調整えていただこうってわけです」

「香菜《シャンツァイ》大盛ってできる?」

一緒に来ていた仲間のOLが尋ねた。

「もちろんです」

「じゃ、私、フォーね。定食セットで」

「私も」

四人で来ていたOLたちは、全員がフォーの定食セットを選んだ。

皐《さつき》はカウンターを振り向き、よく通る声で注文を通した。注文を復唱する二三と目が合い、二人は共犯者の笑みを交わした。今日は仕込みをしながら「きっと女性受けするわね」と言っていたのだが、予想通りだった。

フォーは水で戻しておけば、短時間で茹《ゆ》で上がる。準備しておいた鶏肉《とりにく》と野菜をトッピングして、熱いスープをかければ出来上がりで、かなりお手軽だ。

スープは仕上げに丸鶏ガラスープを使ったが、一応鶏ガラで出汁《だし》を取り、トッピング用のもも肉も一緒に煮たから、かなりコクがある。野菜はモヤシ、紫玉ネギ、水菜、香菜とビタミンたっぷりだ。

「ベトナムの食堂じゃフォーを頼むと、テーブルにミント、香菜、あと……忘れちゃった……野菜が四種類置いてあって、入れ放題なのよ」

冬の休暇でベトナム旅行をしたというOLが、仲間たちに豆知識を披露した。

本日のはじめ食堂のランチは、日替わりが串カツと豆腐ハンバーグ、焼き魚がイワシの塩焼き（しかも大きめが二尾！）、煮魚がカラスガレイ、ワンコインがフォー。小鉢がキンピラ、五十円プラスで卵豆腐、味噌汁《みそしる》が豆腐ときぬさや、漬物がキュウリとナスの糠漬《ぬかづ》け。ぬか床は一子が結婚以来丹精したヴィンテージものだ。

これにドレッシング三種類かけ放題のサラダがついて、ご飯と味噌汁はお代わり自由。これで一人前七百円は、定食界にノーベル賞があったら受賞しているはずだと、最近二三は思っている。

「さっちゃん、明日のカレー何？」

ご常連のサラリーマンが尋ねた。注文は串カツ定食だ。

「牛すじカレーです」

「良いね。でも、カツカレーもやってよ」

「先週やったばっかりですよ」

「俺《おれ》、毎日カツカレー食いたい」

「ごめんなさいね。次はシーフードカレーのリクエストが来てるの」

「お宅、トンカツ定食定番じゃない。そんなら、カツカレーも定番にしてよ」

「はい。前向きに検討させていただきます」

皐はカウンターに引き返しながら、ふと「カツカレー好きはカツとカレーのどっちが好きなのだろう」と、埒《らち》もないことを考えた。

「お待たせしました」

皐が別のテーブルに焼き魚定食を運んでいくと、会社の同僚らしい隣席の男性が目を丸くした。

「イワシ、でか！」

全長二十センチ弱のマイワシが二尾、でんと皿に鎮座している。

「大きいでしょ。ほんとはカレー揚げにするつもりだったんだけど、あんまり大きいから塩焼きに変えたんです」

この大きさでカレー揚げにすると、二尾では持てあます恐れがあり、さりとて一尾では寂しい。

「昨日お袋から電話かかってきて、肉ばっか食べてないで魚も食えって言われたんだ。大当たりだな」

若い男性客は嬉しそうに言って割り箸《ばし》を割った。

「ホント、丸々してるわよね」

野田梓《のだあずさ》はイワシの身を骨から外しながら、感心したように言った。今日は珍しくフォーを定食セットで注文しているのだが、試食用にイワシ半尾が供されている。

「今年、イワシは豊漁なんですよ」

三原茂之《みはらしげゆき》が串カツにソースをかけながら言った。もちろん、三原もイワシを試食している。

午後一時半を回るとお客さんの第三波が引けて、今、はじめ食堂にいるのは古くからのご常連の梓と三原だけだった。

「そう言えば去年からかしら、スーパーに行くと、結構イワシを売ってるわよね。大きくて太ってるやつ……」

「この前、海洋学の学者さんの話を聞く機会があったんですが、これからは秋刀魚《さんま》は諦《あきら》めて、イワシを食べなさいってことでした」

二三は思わずほうじ茶を淹《い》れる手を止めた。

「三原さん、どうして秋刀魚が獲《と》れなくなっちゃったか、その先生は何か仰《おつしや》ってました?」

「海水温の上昇ですと。水温が上がることで、魚は火傷《やけど》したような状態になるらしいです」

「それとね、たまに売ってても、小さくて痩《や》せてるんです。昔の秋刀魚の子供くらいなんですよ。どうしてあんなになっちゃったんですか?」

「栄養が悪いからです。沿岸はプランクトンも豊富だけど、沖へ行くとエサは少ない、海水温は低いで、踏んだり蹴《け》ったり状態らしいですよ。それに、泳ぎ回ってるから筋肉質になって、脂肪が少ない」

「あら、まあ」

三原は味噌汁を啜ってから、再び口を開いた。

「秋刀魚の生息数は、昔と変わらないそうです。ただ、日本の漁船は小さくて冷凍設備がないので、沖で漁ができないんです。一方、中国船は比較的大きくて冷凍設備があるので、大丈夫。それで日本は秋刀魚が獲れなくなったってことです」

「魚の水揚げも、天の配剤なんですかねえ」

一子が感慨深そうに呟《つぶや》いた。

「昔聞いた話では、明治の頃、北海道はニシン漁が盛んで、ニシン御殿がいっぱい建ったのに、戦後はさっぱり獲れなくなったって」

「あ、それね。『石狩挽歌《いしかりばんか》』で歌われてるの」

梓が納得顔で頷《うなず》いた。二三も「あれからニシンはどこへ行ったやら」という歌詞を思い浮かべた。

「最盛期は漁獲量が百万トンあったそうですよ。それが戦後、ニシンの群れが北海道に来なくなって、一時は幻の魚になりかけた。ただ、近年は少しずつ回復して、毎年一万トンくらい獲れるんです。ま、かつての百分の一ですけどね」

三原はすらすらとニシンの近況を説明した。きっとそれも海洋学者から聞いたのだろう。

せっかくなので、二三は訊《き》いてみた。

「ニシンが戻ってきたのは、何か理由があるんですか?」

「稚魚を放流したりとか、関係者は努力したそうです。ただ、色んな原因が重なり合っていて、どれか一つとは言えないみたいです。プランクトンが非常に豊富な年に、それを食べた稚魚が多数生き残って、その子孫じゃないかという説もあるし」

「結局は天の配剤かしらね、お姑《かあ》さん」

「まあ、なんにせよ、ニシンが戻ってきたのはめでたいわ。数の子はニシンの子だし、昆布巻きには身欠きニシンだしね」

「どっちもお節の定番よね」

梓はフォーのスープを啜った。

「ま、秋刀魚もいつか、ニシンみたいに帰ってきてくれるって信じるわ」

「僕も。シェーンならぬ秋刀魚、カムバック！」

三原は串カツを頬張《ほおば》った。

「でも、カツカレーが定番だったら、人気じゃない？」

イワシの身を骨から外しながら、ジョリーンが言った。

「だけど、毎日カレー作るの、大変なんでしょ」

モニカが串カツにソースをかけながら言った。

今日の賄《まかな》いにはショーパブ「風鈴《ふうりん》」のメンバーで、かつて皐と同僚だった二人も参加している。毎週月曜が公休なので、特別な用事がない限り、はじめ食堂にランチを食べに来るのだ。

「正直、業務用のカレールウ使うから、そんなに手間はかからないのよ。カツカレーなら具材は玉ネギだけで良いし」

二三はキュウリの糠漬けをポリポリと嚙《か》んでから先を続けた。

「ただ、カツカレーを定番にすると、次々リクエストが来そうな気がして。茹で卵とかホウレンソウのソテーとかコロッケとか。……そのうちＣｏＣｏ壱番屋《いちばんや》みたいになっちゃう」

「そんな、一々応《こた》える必要ないですよ。カレー専門店じゃないんだから」

ジョリーンが箸を持った手を横に振った。

「ただねえ、カツができて茹で卵ができないのはどうしてって言われると、弱いのよねえ」

二三の頭にカレーのバリエーションがいくつか浮かんだ。カツカレーのカツはトンカツ定食のカツの半分の厚さだから、ワンコインで出す手もある……。

「二三さん、カツカレーとオムカレーを定番にして、ワンコインでも出せるようにしたら、どうでしょう」

皐が二三の気持ちをぴたりと言い当てたような提案をした。

「カツを揚げる時間とオムレツ作る時間って、大体同じだから、イケると思うんです。カレーのトッピングのオムレツなら、卵二個で充分だし」

するとモニカが尋ねた。

「オムレツより、茹で卵の方が簡単じゃない？」

「うん。でも、それだと無駄が出ると思うの。茹でた分、全部注文が来るわけじゃないでしょ。オムレツなら、注文が入るごとに作るから」

「あ、なるほどね」

「それに、茹で卵よりオムレツの方が、高級感あるわ」

一子も弾んだ声で言った。どうやら、カレーのワンコイン定番化は、早くも決定に近づいたようだ。

「とりあえずやってみようか。採算が合わないようなら、取りやめれば良いんだから」

二三もいつの間にか乗り気になっていた。

「はじめ食堂のメニューが、どんどん増えていくわけだわ」

ジョリーンが感心したような、そしてちょっぴり呆《あき》れたような口調で言った。

「だって、うちはお客さん第一主義だもん」

二三は胸を張って答えた。メニューが増えるのは歓迎だった。はじめ食堂のお客さんは八割近くが常連さんなので、飽きられない工夫が大切だ。特にランチは選択肢が限られている分、バリエーションを豊富にしないと、リピートしてくれないかもしれない。

「万里《ばんり》君、カレーがランチの定番になったら喜びますね」

皐の言葉に、一同は大きく頷いた。

赤目《あかめ》万里は「魚介類」のうち、魚が苦手で食べられなかった。それが不思議な巡り会わせで、「八雲《やくも》」という和食店で料理の修業をするようになった。今年からは親方の買い出しにも同行し、豊洲《とよす》市場に通っている。それまでは連日ランチを食べに来ていたのだが、今は週一回になった。

「日本料理で魚が苦手って不利な気がするけど、どんな感じですか？」

ジョリーンが少し心配そうに尋ねた。

「感心に少しずつ、魚にも挑戦してるのよ」

「今は白身なら、火を通してあれば大体大丈夫だって」

一子と二三は交互に答えた。

「万里君、頑張ってるのねえ」

「きっと良い料理人になるわよ」

ジョリーンとモニカも口をそろえた。

「昔、うちの亭主の下で働いてた西君《にし》って子がね、東北の山奥の出身だったの。東北出身者は塩辛い味に慣れてるからフレンチに向いてないって言われて悩んでた時、亭主が言ったのよ。東京には東北出身の人が大勢いる。その人たちの舌と心に一番訴える料理を作れるのは、東北出身のおまえだって」

亡夫孝蔵《こうぞう》に拾われた西亮介《りょうすけ》は、その後ラーメン作りに転向し、「西一《にしいち》」という有名チェーンのオーナーとなった。

「だから、魚が苦手な万里君が日本料理に挑戦するのは、意味のあることだと思うわ。魚嫌いの人のための和食を開拓するとかね」

孝蔵のことを思うたびに、一子の胸には共に過ごした日々がよみがえる。すると昔の苦労や悲しみも、甘美な味わいに包まれて、新たな意欲と感謝の気持ちが呼び起こされるのだった。

そんな一子の姿を見ると、二三もまた大きな安心感に包まれる。これからも二人でやっていけると信じられる。それだけで、幸せを実感できた。

それからひと月が過ぎた。七月十四日は日曜日で、三連休の中日に当たっていた。

「よっ」

巣鴨駅のA3出口の前で、万里はやってきた桃田《ももた》はなに片手を挙げた。

「久しぶり」

はなも同じく片手を挙げた。二人とも同年代の連れと一緒だった。

「紹介するね。間宮佳穂《まみやかほ》さん。高校の同級生」

佳穂は「こんにちは」と会釈した。背のすらりと高い美人で、一人でいると近づきにくいかもしれないが、はなと並ぶと凸凹コンビの趣で、つい微笑を誘われた。

万里も傍らに立つ友人を紹介した。

「広池岳《ひろいけがく》。大学の同級生」

岳は女性二人に屈託のない笑顔を見せた。手足が伸びて姿勢が良く、アスリートに近い印象だった。

「どうも、初めまして。広池岳です。今はミツヤで営業やってます」

ミツヤは日本を代表するスポーツ用品メーカーだ。

「岳は中学からずっとハンドボールやってて、日本代表に呼ばれたこともあるんだ」

「え〜、すごい！」

はなと佳穂が声を上げると、岳は照れ臭そうに首を振った。

「ただ呼ばれただけだから。ハンドボールのご利益は、ミツヤに入れたことくらい」

「それだけじゃないですよ。広池さん、良い身体《からだ》してるじゃないですか」

「はな、誤解されるぞ」

万里も岳も佳穂も苦笑したが、はなは少しも悪びれない。

「だってホントのことだもの。何着ても似合う体型ですよ。アメフトの人って身体が四角くなるし、サッカーの人は腿《もも》が太くなるし。広池さん、ハンドボールで正解じゃないですか」

岳は笑いをかみ殺しながら「岳で良いっす」と告げ、万里に言った。

「はなちゃん、面白いね」

「だろ」

万里ははなと佳穂に顔を向けた。

「俺とはなが会ったの、岳のお陰って知ってた？」

「知らない」

「俺、岳の見舞いで浦安《うらやす》の順天堂《じゅんてんどう》病院へ行って、その帰りにエレベーターではなに再会したわけ」

「へえ〜。そうだったんだ」

その時、岳は急性胆嚢炎《たんのうえん》で入院していて、はなは祖母の見舞いに訪れていたのだった。はなはそれより前に、はじめ食堂のお客さんの落とし物を拾って店に届けに来て、万里と顔を合わせていた。しかしその時はハロウィン仕様で髪をピンクに染めてパンクファッションだったので、万里は最初、はなが「あのときのパンクねえちゃん」だと分らなかった。

「ねえ、万里、そんなら彼女に見覚えない？」

はなが佳穂を目で示した。万里はちらりと佳穂を見たが、首を振った。

「多分、会ったことない。俺、美人の顔は忘れないから」

はなは馬鹿にしたように鼻にしわを寄せた。

「あの後、浦安の松田屋《まつだや》って店に行ったじゃない。友達のお姉さんがバイトしてるからって……」

松田屋は浦安駅から徒歩五分くらいの創作居酒屋だった。四十前後のイケメンのご主人と二十代後半のバイトの女性でやっていて、あの店で食べたあん肝味噌は驚異的な美味《おい》しさだった。作り方を訊いたらご主人は快く教えてくれた……。

「あれえ？」

万里は佳穂の顔を見直した。

「もしかして、妹さん？」

「当たり」

「なんだよ、反則。双子でもなきゃ、分んないよ」

万里は大げさに肩をすくめ、口を尖《とが》らせた。

「ま、みんな浦安つながりで縁があったってことで、めでたし、めでたし」

はなは万里の背中をポンとたたくと、通りを指さした。

「『お婆ちゃんの原宿』、地蔵通り商店街、レッツゴー！」

地蔵通り商店街は「とげぬき地蔵」を有する高岩寺《こうがんじ》の参道のような形で発展し、八百メートル近く続く。

「とげぬき地蔵」の由来は、江戸時代、誤って針を飲み込んでしまった毛利《もうり》家の御殿女中に、西順《せいじゅん》という僧が霊験あらたかな地蔵尊の御影を水で飲ませたところ、女中は御影を吐いた。するとその御影を針が貫いていたので、とげぬき地蔵と呼ばれるようになった……というものだ。

毎月四のつく日が縁日で、商店街には露店が立ち並び、十万とも十五万ともいわれるお客さんでごった返す。今日は日曜日なので、人出はさらに多かった。

万里の勤める「八雲」は水曜定休だから、本来なら今日も勤務なのだが、主人夫婦が姪《めい》の結婚式に出席するため臨時休業になった。

そこで「久しぶりに飯奢《おご》るよ。映画でも観《み》る？」とはなに連絡したところ、「そんなら巣鴨の縁日、案内する。美人の友達連れてくから、万里もイケメン調達してきて」と返信があった。

「何が悲しくてせっかくの休みに『お婆ちゃんの原宿』なんだよ」と文句を言ったものの「ま、だまされたと思ってきてみな」と押し切られ、今日のダブルデート（？）となったのだった。

しかし、実際に縁日を目にすると、その露店の種類の豊富さや商店の昭和レトロな雰囲気に、結構興味を引かれてしまった。

「ちょっと世田谷《せたがや》のボロ市に似てるわね」

佳穂が周囲の露店を見回して言った。

「どれもなんの脈絡もないよね」

岳はあちこちの露店を見回した。

靴下、帽子、木製の食器、ブリキのおもちゃ、民芸風のアクセサリー、各種の端切れ、その他衣類から日用品、趣味の品、わけの分らないガラクタまで売っていて、見ていて飽きない。もちろん、食べ物の屋台もある。

「巣鴨といえば、まずは塩大福でしょう」

はなは「元祖　塩大福」という大きなのれんを掲げた店へ案内した。

「ここ、塩大福発祥の店なんだよ」

そこは「みずの」という和菓子店で、巣鴨には塩大福を売る店が何軒もあるが、最初に考案した店が「みずの」だった。

「四個ください」

はなはバラ売りの塩大福を買うと、早速三人に勧めた。

食べてみると、塩は隠し味程度で、普通に美味しい大福だった。

「そういえばはなの家、日暮里《にっぽり》だったっけ。わりと近いよな」

はなの両親は日暮里の繊維問屋街で生地を扱う店を営んでいる。ＪＲ山手線で四駅先だ。

「うん。子供の頃、お祖母《ばあ》ちゃんによく連れてきてもらった」

はなの祖母はその後在宅介護となり、訪問医の山下智《やましたさとる》の治療を受けるようになった。その祖母も今は亡い。

「でもね、住み慣れた家で家族に囲まれて、ちっとも苦しまないで、良い最期だったよ。私もああいう風に死にたい」

はなは湿り気のない声で言い切った。

「それに、楽しい思い出もいっぱいある。ここの縁日で色んなもの買ってもらったしさ」

「俺も病院で、しみじみ考えたことある。もしこのまま死んじゃったら、友達には楽しかったことだけ思い出してほしいって。思い出すたびに悲しい気持ちになると、そのうち、思い出すの嫌になると思うんだよね」

岳は考え深い表情になった。急性胆嚢炎で摘出手術を受けた事は、本人の心に大きな爪《つめ》痕《あと》を残したのだろう。ましてスポーツで活躍して健康に自信があったのだから、なおさらだ。

「いや～、何つーか、岳もはなも深いよな。俺、死んだ後のことなんか、考えたこともない」

「普通そうですよ」

佳穂の口調には共感があった。

「はなの家はお祖母ちゃんと同居してたけど、うち核家族だから、人の死って身近じゃないのよね。まあ、お祖父《じい》ちゃんとお祖母ちゃんがまだ元気なのもあるけど」

「それと、今はみんな病院で亡くなるよね。だから余計、死ぬことへの実感がわかないんだと思う」

はながきっぱりと言った。

「私は山下先生みたいな訪問医さんに看取られて、住み慣れた家で死にたいけど、先生、私より先に死んじゃうよね」

そう言ったかと思うと、はなは次の瞬間には露店に頭を突っ込んでいた。露台の上に大小さまざまな紙の箱が並んでいるのだが、どれもレトロなイラスト入りで、タイトルの字体もやけに古臭い。戦後間もなくのものかと思うほどだ。

「すみません、これ、何ですか?」

店主は八十近いと思われる老人だった。

「奇術の道具だよ」

「奇術?」

「まあ、手品みたいなもんかな」

万里も岳も佳穂も、はなにつられて大小の箱をじっと見た。箱に書かれたタイトルは

「消えゆくハンカチーフ」「小さくなる玉」「謎《なぞ》の予言」「小さくなるトランプ」「飛出すエース」「ふしぎな壺《つぼ》」「煙草《タバコ》の幻影」「ペーパーカット」等々。

「これ、どうやって使うんですか？」

「中に説明書が入ってるから、それを読めば大体は分るんだが、最近はユーチューブ動画を見ないと理解できない人が多くて」

店主は長さ十センチくらいの長方形の箱を手に取った。蓋《ふた》には旧字体で「神靈《しんれい》の魔法」と書いてある。

「これなんか、一番簡単だと思うよ」

蓋を開けると、中には棺桶《かんおけ》形の和紙の箱が入っていた。箱の中身は水天宮《すいてんぐう》・天満宮《てんまんぐう》・成《なり》田山《たさん》と書いた三枚の棺桶形の札だった。

「この中から一枚、もしくは二枚の札を取り出して、中にどの札が残っているかを当てるんだ。この箱の下についている角棒がミソで……」

店主ははなの手を取って札のさばき方の手ほどきをした。説明を聞けば子供だましのようだが、ビデオもネットもない時代のゆったりしたムードが伝わってきて、妙に心をくすぐられる。

「昭和初期に北海道の札幌《さっぽろ》で活躍した、勇崎天暁《ゆうざきてんぎょう》という奇術師の作品だよ」

それを聞いてはなは目を丸くした。

「すごい、ヴィンテージものなの？」

「まあ、そんなとこかな」

「高いんでしょう？」

店主はにやりと笑った。

「二千円……と言いたいところだが、お姉さんは可愛《かわい》いから、千五百円に負けとくよ」

「やった！　おじさん、ありがとう！」

はなはぴょんぴょん飛び跳ねた。誰《だれ》も「そんなもの買ってどうすんの？」とは言わない。こういう役に立たないものを買うのも、縁日の楽しみの一つなのだ。

「温泉街やデパ地下が楽しいのも、コスパと縁がないからよ」

佳穂が独り言のように呟けば、万里と岳は「あのおじさん、商品を売るより若い女の子の手を握るのが目的なんじゃないの？」とささやき合った。

振り返ると、奇術用品の露店の前には、杖《つえ》を突いた年配の女性が立っていた。場所柄、縁日に来るお客さんも高齢者が多い。

四人はそれからも露店を冷かしながら、地蔵通り商店街をぶらぶらと歩き、とげぬき地蔵で有名な高岩寺にお参りし、巣鴨庚申塚《こうしんづか》を見物してから元来た道を引き返した。

「腹減ったし、何か食おうよ」

既にランチタイムは過ぎている。岳の言葉に皆頷いた。

「せっかく巣鴨に来たんだから、地元チックなもんが良くね？」

万里は一同の顔を見回した。誰も否やはない。

「はな、地元で有名な店ってどこ？」

佳穂は期待に目を輝かせていたが、はなは腕組みして眉《まゆ》を寄せた。

「ここはスイーツとテイクアウトの店が多いんだよね。飲食店は創業百年近い鰻《うなぎ》屋とか、大正から続いている洋菓子店のレストランが老舗《しにせ》かな。あと、おしゃれな寿司屋と手打ち蕎麦《そば》の店。東京オリンピックの年に開業した洋食屋もあるよ」

万里がパチンと指を鳴らした。

「はじめ食堂の開業も、東京オリンピックの翌年なんだ。その店、何が美味《うま》い？」

「ビーフシチュー」

「決まり。デミグラスソースの美味い洋食屋に外れはない！」

万里は料理人らしく、自信をもって断言した。他の三人にも異論はない。

「じゃ、行ってみよ」

四人が再び高岩寺の方向に歩き出すと、奇術用品を売っていた露店の主人が「ちょっと、お兄さんたち」と呼び止めた。

「なに？」

「何が良い？」

はなが足を止めた。

「お婆さん、見なかったかな」

「ここ、お婆さんだらけだよ」

はなが苦笑すると、店主はあわてて言い直した。

「ああ、悪かった。八十くらいで、杖を突いてて、右の瞼《まぶた》の脇《わき》に大きめの黒子《ほくろ》のあるお婆さんなんだが」

四人は困惑して顔を見合わせた。

「すみません。あんまり注意して見てなかったんで……」

岳はそう断ってから質問した。

「そのお婆さんが何か？　店の品物を万引きしたとか？」

「いや、そうじゃなくて……」

店主は一度言葉を濁したが、すぐに先を続けた。

「昔のお客さんだと思う。もう四十年以上会ってないけど、あの黒子で分る。この商店街で蕎麦屋をやってた女将《おかみ》さんだよ。俺が縁日に店を出すと必ず覗《のぞ》きに来て、何か買ってくれた。そういうお客さんは滅多にいないから、覚えてるんだよ」

しかし、店主だった夫が急死し、店を閉めて引っ越してしまった。それ以来今日まで、会うこともなかったのだが……。

「ちょっとしゃべっただけだけど、どうにも様子がおかしかった。言ってることが支離滅裂で。誰か付き添いがいるなら安心だけど、あんな年寄りが一人でフラフラしてたら、事故に遭うんじゃないかと心配でね」

その時はなは初めて、自分たちが立ち去った後で店の前に立っていた杖を突いたお婆さんが、当の女性であることに気が付いた。

「分った。もしその人見かけたら、付き添いがいるかどうか確かめて、一人だったら交番に連れて行くから」

「ありがとう、お姉さん。すまないけど、頼むよ」

店主は片手で拝む真似《まね》をした。

商店街を歩きながら、はなはやりきれないような顔でため息をついた。

「今、認知症で徘徊《はいかい》して、行方不明になる人、増えてるんだよ。子供の迷子より高齢者の方が多いんだって」

「分るわ。大人は交通機関を利用できる分、遠くへ行っちゃうのよね」

「しかしなあ、この人混みの中から一人のお婆さんを探すのって、干し草の山に落とした針を探すようなもんだよ」

岳は周囲を見回した。商店街は高齢の女性でごった返していて、わずかな伝聞しか手がかりのないお婆さんを見つけるのは、まことに至難の業だった。

そうこうするうちに目当ての店の前にやってきた。「お食事と甘味　たけやま」という、昭和レトロ感たっぷりのこぢんまりした店だった。店の前にはビーフシチューとローストビーフ丼《どん》の写真をプリントした立て看板、そして入り口には蠟細工《ろうざいく》のメニューもある。地元の人に愛されている町の洋食屋、という雰囲気が漂っていた。しかもありがたいことに、朝十時の開店から夕方六時の閉店まで、通しで営業をしている。

「いらっしゃいませ」

店は三十を超えているくらいの席数で、四人掛けのテーブルには地元の人らしい家族連れと、三人の高齢女性グループが先客でいた。

四人は席に着くとまずビールを注文し、それからゆっくりメニューの検討に入った。

「基本、メインはデミグラ系のメニューを頼めば間違いない。あとはみんなでシェアできるものを何品か……」

万里が写真入りのメニューに指を滑らせ、三人はテーブルに身を乗り出した。

「すみません、注文良いですか？」

店員が来ると、万里と岳はビーフシチュー、はなと佳穂はオムハヤシ、そしてカニクリームコロッケとメンチカツを頼んだ。

万里は念のために店員に訊いてみた。

「あのう、四十年くらい前なんですけど、ご主人が急死して閉店しちゃったお蕎麦屋さんって知ってますか？」

「さあ……」

店員は困惑した顔で首を振った。

「夫婦二人でやってた店らしいです。奥さんは奇術が好きだったみたい。店のお爺《じい》さんが、奇術用品の露店を出すと、必ず何か買ってくれたって……」

ダメもとではなが説明を続けたが、店員はますます困惑した顔になって首を振った。

すると先客の高齢女性たちが、万里たちの方に顔を向けた。

「それ、『なおまさ』のことじゃないかしら」

「ご存じなんですか？」

万里たちも思わず女性グループの方を見た。

「多分『なおまさ』のことよね？」

一人が確認するように言うと、他の二人も大きく頷いた。一人が代表して話を引き取った。

「もう四十何年も前のことよ。ご夫婦で手打ち蕎麦の店を出したの。美味しくて流行《はや》ってたんだけど、開店から五年もしないうちにご主人が事故で亡くなって、お店を閉めたの。蕎麦打ちはご主人がやってたから、奥さん一人じゃ店を続けられなくてね」

「おしどり夫婦だったのね。店の名前は二人の名前から付けたって聞いたわ。確か奥さんがまさみさんで、旦那がなお……何とかっていうのよ」

「奥さんは若い頃奇術師の助手をやってて、寄席に出てたんですって」

「一度カードマジックを見せてくれたけど、さすがにうまいもんだったわ」

「なんでも師匠が引退したんで自分も奇術をやめて、お蕎麦屋さんで働くようになって、そこでご主人と知り合って結婚したんですって」

「だからご主人が亡くなった時は、本当にお気の毒だったわ。何しろ突然だったから」

三人の話を聞いて、のっぺらぼうだった女性の顔に、ほんの少し目鼻がついた感じがした。

「でも、どうして『なおまさ』のことなんか訊くの？　あなた方が生まれる前の話なのに」

女性の一人が尋ねた。

「実は……」

万里は露店の店主から頼まれた事情を話した。三人の女性は皆、心配そうに眉をひそめた。

「それは、心配ね」

「私たちも心がけとくわ。もし見かけたら、警察に連絡すれば良いの？」

はなが立ち上がって頭を下げた。

「よろしくお願いします。保健所もありですが、今日は日曜日だから、やっぱり警察ですね」

「分ったわ。あなた方もよろしくお願いしますね」

女性たちは勘定を済ませ、店を出て行った。

「お待たせいたしました」

やがて、注文した料理がテーブルに運ばれてきた。ごろりと大きめの牛肉が入ったビーフシチューも、黄色と茶色のコントラストが鮮やかなオムハヤシも、見るからに美味しそうだった。

四人はすぐさまフォークとスプーンを手に、茶色の海に漕ぎだした。

「美味……」

語尾はため息に流された。一昼夜煮込んだという看板に偽りのない、濃厚でコクのあるデミグラスソースの味が、舌を包み、口の中を幸福感で溢《あふ》れさせた。

「これも、本格派」

カニクリームコロッケを頬張った佳穂が、鼻の穴を膨らませた。固めに練ったベシャメルソースに、カニの風味と塩気が溶け込んで、海と山の幸が同時に味覚を蕩《とろ》かすようだ。

「お、ナツメグが効いてる」

甘くスパイシーな味がメンチカツにアクセントを添え、店のこだわりを感じさせた。万里は思わず呟いた。

「ここ、安いよな」

ビーフシチューは千八百円、オムハヤシは千三百七十五円、追加で頼んだメンチカツは一個三百五十円で、カニクリームコロッケは三百三十円だった。愛される理由がよく分る。

四人は大いに満足し、かつ満腹して店を出た。

「腹ごなしにちょっと、散歩しようか」

はなは前方を指さした。

「染井《そめい》霊園まで足延ばそうか。桜の季節は終わったけど、良いとこだよ。有名人のお墓もあるし」

染井霊園は都営の公共施設で、岡倉天心《おかくらてんしん》、二葉亭四迷《ふたばていしめい》、高村光雲《たかむらこううん》・光太郎《こうたろう》父子と妻智恵子《ちえこ》、その他にも各界の有名人の墓がある。

「じゃ、行ってみるか」

白山《はくさん》通りに出て三分ほど歩くと、霊園の巣鴨門に到着した。スマホで霊園の地図をズームアップすると、外国人墓地もある。宗教の縛りがないので、キリスト教も無宗教もすべて受け入れているのだ。

四人は南そめいよしの通りという通路に入ってみた。この界隈《かいわい》は言わずと知れたソメイヨシノ発祥の地だ。

その通路の脇の墓所の仕切りの石に、高齢の女性が腰かけていた。杖を持っている。四人は一瞬で緊張し、息を呑《の》んだ。

「私、確認してみるね」

はなは小声で言うと、静かな足取りで女性に近づいた。右の瞼の横に大きめの黒子がある。「なおまさ」という蕎麦屋の女将だったまさみという女性に違いない。膝《ひざ》の上には「元祖　塩大福」で有名な「みずの」の袋が載っていた。

「こんにちは」

はなが笑顔を作って声をかけると、まさみらしき女性が顔を上げた。怪訝《けげん》そうにはなを見返したが、怯《おび》えたり警戒したりしている様子はない。

「お散歩ですか？」

女性は意味が分らないように首をかしげた。

はなは笑顔のまま、女性の前にしゃがみこんだ。

「私、桃田はなっていいます。あなたはもしかして『なおまさ』のまさみさんですか？」

女性、いや、まさみは嬉しそうに微笑《ほほえ》んだ。はなはほんの少し安堵《あんど》した。

「私もまさみさんの知り合いの店で、これ、買ったんですよ」

はなは露店で買った「神靈の魔法」を袋から出して、まさみに見せた。まさみは急に生き生きとした表情になった。

「お手本、見せてください」

箱を差し出すと、まさみは嬉しそうに受け取り、早速箱から三枚の棺桶形の札を出した。

「こちらに水天宮、天満宮、成田山の三枚の札があります。こちらを一度箱にしまいまして……」

まさみはすらすらと口上を述べながら奇術をやってみせた。

「すごい！　まさみさん、さすがはプロですね」

はなが拍手すると、まさみは「みずの」の袋から塩大福のパックを取り出し、蓋を開けてはなに勧めた。

「おひとつ、どうぞ」

「ありがとうございます」

本当はお腹《なか》いっぱいだったが、はなは素直に受け取り、一口齧《かじ》った。

「まさみさんは、これからどこへ行くんですか？」

ほんの少し間があってから、まさみは答えた。

「うちへ帰るわ」

「まさみさんのおうちはどこですか？」

すると、まさみは困ったように顔をしかめた。それから周囲をきょろきょろと見まわし、もう一度渋面を作った。

「良かったら、私たち、おうちまで送りましょうか」

まさみは言葉の意味を確かめるように、はなをじっと見た。

「この『神霊の魔法』を売ってたおじさんに、頼まれたんです。まさみさんを家まで送ってくださいって。だから、安心してください」

まさみは黙って頷いた。

「それじゃ、行きましょうか」

はなが促すと、まさみは大儀そうに腰を上げた。地蔵通り商店街からここまで歩いてきて、疲れているのだろう。

するると、岳が素早く近寄って、まさみに背中を向けて中腰になった。

「まさみさん、僕におぶさってください」

まさみは素直に岳の指示に従い、背中に身を預けた。岳はまさみを背負って歩き出した。はなはまさみの杖を持った。

「ここ、管轄はどこ?」

万里が小声で尋ねると、はなもそっと耳打ちした。

「巣鴨警察署。大塚《おおつか》にある」

白山通りに出ると、運よくジャパンタクシーを拾えた。しかし、五人は乗れない。戸惑っている佳穂を見て、万里とはなは素早く視線を交わした。

「岳、俺とはなで巣鴨署に行くから、おまえ、佳穂ちゃんを送ってやれ」

「いえ、私、大丈夫だから」

佳穂はあわてて胸の前で片手を振ったが、はなも万里に続いた。

「佳穂、良いから送ってもらいなよ。私も万里もお年寄りの扱いは慣れてるから、任せて」

そして今度は岳に言った。

「そういうわけだから、佳穂のこと、よろしくね」

「ありがとう。悪いけど、そうさせてもらうよ」

岳は佳穂を振り返った。

「万里とはなちゃんに任せようよ。俺たちがいても、できることはもうないから」

佳穂も遠慮がちに答えた。

「ごめんね、はな、万里君。あとはよろしくお願いします」

「任せとけって」

タクシーが走り出すと、万里は助手席から振り向いてはなに言った。

「あの二人、うまくいくかな」

「大丈夫じゃない。美男美女だし」

万里は右手の親指を立てて自分の顔を指した。

「類は友を呼ぶ」

「ば〜か」

巣鴨警察署に着いて受付で事情を話すと、別室に通された。ほどなく生活安全課の女性警官が対応に現れた。

「まさみさん、身元を確認できるものがあるかもしれないから、ポシェットの中を見せてくださいね」

優しく言って、たすきがけにしているポシェットのファスナーを開け、中身を調べた。カードケースには介護保険証・マイナンバーカードの他、別の身分証が入っていた。

「この方は鵜飼《うかい》まさみさん、八十二歳です。群馬県のグループホームに入居されていますね。すぐに連絡してみます」

警官はカードを持って部屋を出て行った。

「とにかく、良かったね」

万里とはなは顔を見合わせ、小声で言った。

しかし、十分ほどして戻ってきた警官は、困り切った顔をしていた。

「連絡はついたんですけど、今からじゃ帰りの便がない。明日朝一番で迎えに来るから、今夜は署で預かってほしいって言うんですよ」

万里もはなも、耳を疑った。

「あの、留置所か何かに入れるんですか？」

「まさか。署内に仮眠する施設もあります」

警官は反論したものの、再び眉をひそめた。

「でも、認知症のお年寄り一人を泊めるのは……」

まさみは疲れたのか、椅子に座ったまま舟をこいでいる。その姿を見ると、万里もはなも切なくなった。

「すみません、ちょっと電話させてください」

万里はスマホを取り出した。かけた相手はもちろん、はじめ食堂の二三だ。

「ああ、おばちゃん、俺、万里。詐欺電話じゃないからね。……すごい迷惑な頼みがあるんだけど、聞いてもらえる？」

万里と二三の通話は三分ほど続いた。しかし、そばでそれを聞いているはなには、結果が見えていた。

案の定、万里は通話を終えると満面の笑みを浮かべた。

「おばちゃん、まさみさんを一晩預かってくれるって。要《かなめ》が出張で、部屋空いてるからって」

「さすが。困ったときのはじめ食堂だね」

二人は警官に事情を説明した。

「施設の方とお話しさせていただけませんか？　明日は佃《つくだ》に迎えに来ていただくことになりますので」

「ご奇特なことで、助かります」

警官はグループホームのカードを渡してくれた。

「本当ですか？　ご親切に、ありがとうございます」

施設の職員も上ずったような声を出した。スマホを通して、地獄に仏のような心境なのが伝わってきた。

万里ははじめ食堂の住所と電話番号、最寄り駅などを伝えて通話を終えた。

万里は居眠りしているまさみを背負った。

「それじゃ、これで失礼します」

「どうも、ご苦労様でした」

警官は署の玄関口まで見送ってくれた。

日曜日だが、はじめ食堂には明かりがともっていた。

「いらっしゃい」

中に入ると、二三と一子だけでなく、訪問医の山下智も店にいた。

「もしかしてお医者さんに相談した方が良いかと思って先生に電話したら、来てくださったの」

「たまたま今日は非番だったんで」

「先生、休めないね。早死にするよ」

はながいつもの調子で憎まれ口をきくと、山下は嬉しそうに微笑んだ。

「大丈夫。憎まれっ子世に憚《はばか》るだから」

二三は四人掛けのテーブルを示した。

「とにかく、そこに腰かけて」

まさみは目を覚まして、もの珍しそうにがらんとした店内を見回した。

「いらっしゃい、まさみさん。お腹空《す》いたでしょう。うち、食堂なのよ。ここで食事してから、二階の部屋にご案内しますね」

二三がおしぼりを差し出すと、一子も隣で声をかけた。

「何かお好きなものはありませんか？　お作りしますよ」

一子が優しく尋ねると、まさみはにっこり微笑んだ。

「親子丼」

親子丼は蕎麦屋の定番メニューだ。

「はい、分りました。少々お待ちくださ い」

一子が厨房に入ると、山下はまさみの前にしゃがみこんだ。

「まさみさん、初めまして。山下といいます。医者です。今日はとても疲れたでしょう。念のために体温と血圧を測らせていただけますか？」

まさみは素直に頷いた。入所しているグループホームでは、検温と血圧測定は日常的に行われているからだろう。

二三が万里とはなを見て言った。

「二人とも、ご飯食べるでしょ。リクエストある？」

「良いよ、おばちゃん。無理頼んだのはこっちなんだから」

「山下先生がね、二人とも感心だから、今日は目いっぱいご馳走《ちそう》してあげてくださいって、ご祝儀下さったの。だから、遠慮なくどうぞ」

「さすが、先生、太っ腹」

はなはパッと目を輝かせた。

「そんじゃ、スパークリングワイン、ボトルで」

それから厨房に目を遣《や》った。

「ええと、私も親子丼にしようかな」

「俺も親子丼で」

万里も厨房に向かって告げた。と、検温と血圧測定を終えたまさみが、急に落ち着きなく身じろぎした。

「まさみさん、どうしました？」

山下が優しく尋ねたが、まさみは少し怯えたような様子だ。

「……うちに帰りたい」

はなはまさみの隣に腰かけて、肩に手を回した。

「大丈夫よ。明日、お迎えが来るから」

「あそこじゃなくて……」

まさみは何か言おうとしたが、言葉が見つからないのか、もどかしそうに声を漏らした。

「まさみさん、大丈夫よ。心配ないから」

はなはまさみの背中を撫《な》でたが、まさみは今にも泣き出しそうな顔になった。

すると、万里が突然椅子から立ち上がった。

「ちょっと家帰ってくる。すぐ戻る」

「どしたの、急に？」

しかし、万里は何も答えず店を飛び出した。

はなはまさみの手を取って、そっとさすった。

「まさみさん、大丈夫だからね。みんな、まさみさんのこと心配してるよ。だから、安心してね」

「明日になれば、まさみさんの家に帰れますよ」

山下も優しく声をかけたが、まさみの表情は晴れない。

二三が茹でたそら豆の皿を運んできた。

「そら豆、如何《いかが》ですか？　ちょうど季節ですよ」

まさみは一粒つまんで口に入れた。するとほんの少し、表情が和らいだ。

二三はまさみを見守りながら、厨房から漂ってくる親子丼の匂《にお》いを嗅《か》いだ。醤油《しょうゆ》の匂いを嗅ぐと、何故《なぜ》か懐かしい気持ちになる。

万里から電話があった時、二三は一子に事後承諾で引き受けた。もしかして一子が同じ立場になったらと思うと、他人事《ひとごと》では済まされなかった。

事情を告げると、一子も二つ返事で承諾した。まさみが夫を突然失って、二人で開いた店を閉じたという経緯が、身につまされたのだった。飲食店を営む夫を突然失ったという点では、二三も一子もまさみと同じだ。二人は幸いに、店を続けることができたけれど。

そこへ、息を弾ませて万里が戻ってきた。

「おかえり。早かったね」

はなはホッとして少し気が楽になった。

万里はまさみの向かいの席に座ると、ポケットから取り出した箱をテーブルに置いた。

「まさみさん、トランプです。久しぶりにやってみますか？」

まさみの表情が生き生きと輝いた。箱からトランプを出すと、鮮やかな手つきで切り始めた。

二三もはなも山下も、その場にいた全員が、まさみのカードさばきに目を奪われた。

万里はグループホームの職員の言葉を思い出していた。

「鵜飼さんはこれまで、徘徊したことはないんです。どうして急に東京の巣鴨に行ったのか、わけが分りません。ホームに入居するまでは、長いこと草津《くさつ》温泉の老舗旅館で、仲居頭をしていたんですよ……」

万里は、まさみは一番幸福だった時代に戻りたかったのだろうと思った。夫と二人で蕎麦屋を営んでいた時代、そして奇術で舞台に立っていた時代に。

ホームから失踪《しっそう》する前日、テレビのニュース番組では巣鴨の街並みや縁日のにぎわいを放送していた。まさみはその映像を見て、一番幸せだった時代を思い出し、その日に帰りたくなった。

そのことを万里は知らない。しかしまさみの心情は、しっかりと感じ取っていた。

第三話

花火で寿司ざんまい

「ねえ、隅田川《すみだがわ》花火大会、観《み》に行く?」

「行かない。前に行ったらものすごい混んでて。花火より人の頭ばっかり見てたわ」

金曜日のはじめ食堂のランチタイムにその日は三人で来店したワカイのOLが、隅田川花火大会を話題にあげた。二十七日の土曜日に開催されるので、ほぼ一週間後だ。

するとと三人目のOLが言った。

「友達が吾妻橋《あづまばし》のマンションに住んでたの。花火の第一会場の真正面。花火大会の日にホームパーティーに招かれたら、五階だから特等席でね。冷房の利いた部屋で花火見放題だった」

「良いわね」

「一生分の贅沢《ぜいたく》。彼女、三年前に結婚して越しちゃったから」

OLは残念そうに肩をすくめた。

「あの人混みの中で花火観る気力、とてもないわ。おまけにクソ暑いし」

「それがね、耳寄りな話聞いちゃった」

最初に花火の話題を振ったＯＬが言った。

「石川島《いしかわじま》公園のパリ広場から、花火が見えるんだって」

石川島公園は、大川端《おおかわばた》リバーシティ21の高層ビル群の突端にある公園で、隅田川と晴海《はるみ》運河の分岐点に位置している。隅田川の上流を望む場所にあるのがパリ広場だ。

「でも、会場からすごい遠いでしょ。見えるの？」

「確かにちっちゃいけど、正面だから眺めは悪くないわよ。それに混んでないし」

そこへ皐《さつき》が注文のランチを運んできた。

「お待たせしました。日替わりのアジフライです」

アジフライ定食を注文した二人は、早速割り箸《ばし》を手に取った。

「ただ、穴場情報を聞きつけて、去年は見物人が増えてたわ。ぎゅうぎゅうじゃないけど」

「佃《つくだ》なら、花火終わってから銀座で呑《の》んで帰れるわね」

アジフライに醤油《しょうゆ》を垂らして別のＯＬが言った。アジフライに醤油かソースかは、常に論の分かれるところだ。

「今年、行ってみようかな」

「お待たせしました。日替わりの肉野菜炒《いた》めです」

皐が三人目のOLに注文の定食を運んだ。

今日のはじめ食堂のランチは、日替わりがアジフライと肉野菜炒め。アジフライはもちろん、冷凍ではない。魚政《うおまさ》の主人山手政和《やまてまさかず》が豊洲《とよす》で仕入れた鯵《あじ》をフライ用に捌《さば》いたものを買って、店で衣をつけて揚げた。生の鯵で作るフライは、冷凍ものとは別の食べ物かと思うくらい、身がふっくらして旨味《うまみ》が強い。必ず完売する人気メニューの一つだった。

焼き魚はサバのみりん干し、煮魚はカラスガレイ。ワンコインは牛丼《ぎゅうどん》。他に定番でトンカツ、鶏《とり》の唐揚げ、海老《えび》フライの三種の定食。小鉢は冷奴《ひややつこ》、五十円プラスでモヤシと豚ひき肉の袋煮。油揚げにモヤシとひき肉を詰めて煮る一品は、ご飯のおかずにも酒の肴《さかな》にもなる。

味噌汁《みそしる》は冬瓜《とうがん》と茗荷《みょうが》、漬物は瓜《うり》の印籠漬《いんろうづ》け。印籠漬けは瓜の種をくり抜き、穴に茗荷と大葉を詰めて塩漬けにする。浅漬けは爽《さわ》やかで、古漬けは酸味が出るが好きな人にはたまらない味だ。もちろんはじめ食堂では、二三《ふみ》と一子《いちこ》が手作りしている。

これにドレッシング三種類かけ放題のサラダがついて、ご飯と味噌汁はお代わり自由。それで一人前七百円は、天然記念物並みと二三も一子も皐も自負している。

もちろん、もっと安い定食屋や弁当屋はある。しかし手作りにこだわり、季節感を大切にしてこの値段は、滅多にあるはずがない。自宅兼店舗でテナント料がゼロなのと、家族経営という利点はあるが、食堂メンバー三人の努力と熱意なくしては成しえない。

「土曜日、休みなんだ」

唐揚げ定食を注文したお客さんが、壁の貼《は》り紙を見て言った。

「隅田川の花火大会にでも行くの？」

「はい、そうなんです」

麦茶のコップを置いて、皐が答えた。以前は一年中温かいほうじ茶を出していたのだが、数年来の猛暑を考慮して、夏は冷たい麦茶を出すことに変えた。

「雨、降らないと良いね」

「本当に。みんな楽しみにしてるんですから」

東京の梅雨《つゆ》は例年、七月の下旬には明ける。隅田川花火大会は七月最後の土曜日に開催されるので、一応セーフではあるが、運悪く雨に降られた大会もある。二〇一三年は突然の豪雨で開始三十分で中止になり、二〇一七年は雨の中で開催され、二〇一八年は台風接近のため翌日に延期された。ちなみに、延期された日も荒天の場合は中止となる。

毎年百万人近い見物客が訪れる超人気の花火大会だが、二〇一九年の開催以降、流行《はや》り病《やまい》の影響で三年連続で中止となった。去年は待ちに待った四年ぶりの開催だったのだ。

「さっちゃん、浴衣《ゆかた》着るの？」

煮魚定食を注文した女性客が尋ねた。

「考えてるんですよ」

「着た方が良いわよ。浴衣なら美容院で、ヘアセット込みで五千円くらいでやってくれるから」

「あら、安いわね」

向かいに座った連れの女性客が言った。

「私、甥《おい》の結婚式で留袖《とめそで》の着付け頼んだら、二万円取られたわ」

「留袖と振袖《ふりそで》は一番高いのよ。浴衣だと着付けだけなら二〜三千円でやってくれるわよ」

「へえ、知らなかった」

「花火大会になると、街に浴衣ギャルが溢《あふ》れるでしょ。着付け代が安いからよ」

「なるほどねえ」

「やっぱり若い子もみんな、着物着たいのよね。だから京都じゃレンタル着物屋が繁盛してるし」

「あれはインバウンド専用じゃないの？」

「私が京都に行ったときは、若い日本人のグループも利用してたわよ。女の子だけじゃなくて、男の子も」

隅田川花火大会は、あちこちのテーブルに話題を提供していた。お客さんたちは美味《おい》しいものを食べながら、楽しいおしゃべりに興じている。

その様子を見るたびに、二三は何とも言えない満足を感じる。人は不味《まず》いものを食べさせられると不機嫌になる。不機嫌になると口数も減る。お客さんが楽し気におしゃべりしながら食事をしている店は、大体美味しい店と思って間違いない。反対に不味い店は、客がまるでお通夜《つや》のように無言で食べて、そそくさと帰って行く。ただし、さっさと食べてさっさと帰るのが鉄則のラーメン店は、その限りではないだろうが。


「ホント、アジフライ発明した人も天才よね」

野田梓《のだあずさ》が割り箸でフライの身を切りわけながら言った。

「それまで干物やたたきや煮つけで食べていた魚を、フライにしてみようっていう発想が、革新的だと思うわ」

「それは銀座の煉瓦亭《れんがてい》の初代ですね」

三原茂之《みはらしげゆき》がアジフライにソースを垂らしながら答えた。

「海老フライ、牡蠣《かき》フライ、ポークカツレツその他、洋食を代表する揚げ物料理に試行錯誤する中で、アジフライも生まれたんですよ」

以前も三原から煉瓦亭の「フライ初めて物語」を聞かせてもらったことがあるが、その時アジフライの話は出なかった。

「でも、煉瓦亭にアジフライって、ないですよね」

二三が訊《き》くと、三原は大仰に頷《うなず》いた。

「その通り。アジフライは煉瓦亭のメニューには入らなかった。何故《なぜ》なら、洋食のイメージに合わなかったから」

三原はそう答えてニヤリと笑った。

「まあ、有体に言えば高級感がなかったからです。明治時代の洋食はフランス料理とは別物でしたが、それでも家庭料理と一線を画す高級感は必要でした。でも、鯵は庶民の味ですからね」

「なるほど」

二三はすんなりと得心した。確かに牡蠣、海老、白身魚のフライは洋食のイメージだが、アジフライはお惣菜《そうざい》感がある。

「今日もお店で隅田川花火大会の話題が出てました。皆さん、楽しみなんですね」

皐が三原のコップに麦茶を注《つ》ぎ足しながら言った。

「ご招待くださって、本当にありがとうございます」

「いや、いや」

頭を下げようとする皐に、三原は軽く片手を振った。

「うちからははるか彼方《かなた》に見えるだけで、ご招待するのも恥ずかしいんだけど、なにしろ東京湾の花火大会がなくなってしまったんでね。我慢してください」

三原が言うのは東京湾大華火祭《だいはなびさい》のことで、一九八八年から毎年八月半ばに湾岸エリアで開催されていた。一万二千発が打ち上げられる華やかなイベントだったが、東京オリンピック・パラリンピックの選手村建設の工事に伴い、二〇一五年を最後に開かれていない。晴海を望めるリバーシティ21の高層マンション群は、格好の見物場所だったのだ。

「去年は、来年は何とか開催にこぎつけたいって話だったけど、今年もやっぱり駄目だった」

三原はほんの少し肩を落とした。

「あのう、ちょっとぶしつけなことをお尋ねするんですけど……」

二三は好奇心を抑えきれずに訊いてみた。

「ああいう高級マンションって、例えば『夏は窓から東京湾の花火が眺められます』なんて条件も、お値段に含まれてたりするんですか？」

「いやあ、花火大会が始まったのと、入居が始まったのは同じような時期だから、そういうキャッチフレーズはなかったと思うよ。ただ、眺望が良いのは宣伝してたけどね」

「リバーシティは隅田川と晴海運河に囲まれてるから、目の前に高層ビルが建つなんてないですけど、隣が公園だと思って家買ったら、そこにマンションが建っちゃったなんてこと、ありますよね。そういう場合、どうなるんですか？」

「まあ、東京だとそういう危険は避けて通れないよね」

三原は気の毒そうに眉《まゆ》をひそめた。

「日照権とセットにして建設反対を提訴しても、ほとんどの場合敗訴してる」

「そうなんですか」

「確か群馬県の旅館で、目の前に新しい旅館が建つ計画があって、そうすると売りにしていた眺望がダメになるって訴えて、建設中止が認められた例があった。ただし判決理由は、旅館の利益に直接打撃を与えるので……という内容だった。ただ眺めが悪くなるからじゃ、ダメだね」

三原は帝都《ていと》ホテルの元社長で、現在は特別顧問だから、眺望をめぐるトラブルにも詳しいのだろう。

「慰謝料という形で金銭的な補償が認められる場合も、数万円から多くて百万くらい。裁判費用と時間と労力を考えたら、とても割に合わない」

「うちはここが終《つい》の棲家《すみか》だけど……」

実は隣の月島《つきしま》では、再開発計画が始まっていた。

もんじゃストリートで有名な通りに隣接する月島三丁目では、二〇二二年の十月から市街地再開発事業が着工していた。地上一九九メートル五十八階建てのタワーマンションを中心に、中低層建築と住宅他で構成する新しい街づくりだという。タワーマンションには商店の他に保育所とデイサービス施設も入居する予定だ。

石川島播磨《はりま》重工業の跡地に「大川端リバーシティ21」が出現した時も驚きだったが、今度は月島もタワマンが林立するのだろうか。

「まあ、佃もリバーシティができたお陰で有楽町線の駅ができたし、新しい橋もかかったし、すごく便利になったけどね。あたしが嫁に来た頃《ころ》は橋がなくて、渡し船だったんだから」

一子が穏やかな笑みを浮かべて言った。

「写真で見れば情緒があって良いだろうけど、やっぱり不便よ。好きな時に渡し船が出るわけじゃないから」

「そうねえ……」

二三も何となく分る。自分の生まれた昭和三十年代の生活には甘いノスタルジーを感じる。だが、もう一度当時と同じ生活をしろと言われたら、今の自分は不便でたまらないだろう。

トイレは汲《く》み取り式だったたし、コンビニはなかった。それに、もはやスマホのない生活も考えられない。よくスマホなしで待ち合わせができたものだと思ってしまう。携帯電話が普及してからまだ三十年も経《た》っていないというのに。

「人間、すぐ楽に慣れちゃうのよね」

二三が言うと、一子が懐かしそうに応じた。

「あたしも初めて亭主に電気洗濯機を買ってもらった時は、感激したわ。スイッチ入れれば機械が勝手に洗って、勝手に濯《すす》いでくれるんだもの」

「おばさん、あたしも覚えてる。昔の洗濯機は横にローラーみたいなのが付いてて、洗濯もの挟んでハンドル回すと、のしイカみたいになって出てくるのよね」

梓が思い出し笑いをした。

「それから脱水機がついて、二層式になって。さっちゃんなんか、知らないでしょ」

「はい。私の記憶は全自動からです」

「ドラム式って言わない所が、えらいわ」

はじめ食堂に緩やかな空気が溢れた。昭和レトロな話題は、平成生まれの皐も輪の中に包んでいくようだった。


二三はゆりかもめの市場前駅に降りるのは初めてだった。いや、ゆりかもめに乗るのも初めてだ。

ゆりかもめとは一九九五年に開通した、新橋《しんばし》や豊洲などの都心とお台場《だいば》や有明《ありあけ》といった臨海副都心をつないでいる「高架鉄道」で、本来の路線名は「東京臨海新交通臨海線」という。車窓からは東京タワーやレインボーブリッジなどの名所を望むことができ、沿線にはパレットタウンやフジテレビ本社などの観光地が立ち並んでいる。しかし、二三はそのどれにも行ったことがない。

有楽町線で月島から豊洲へ出て、ゆりかもめに乗り換えると二つ目が市場前駅だった。先に立って歩く万里《ばんり》の背中がなんとも頼もしい。

「万里君、勝手知ったる感じだね」

「全然。俺《おれ》もゆりかもめ、初めて。買い出しはいつも親方の車だから」

今日、七月二十七日の土曜日は、夕方から三原茂之の招待で、隅田川花火大会を見物することになっていた。メンバーははじめ食堂の二三、一子、皐、ランチ仲間の野田梓、そして要《かなめ》と万里もおまけで呼んでもらった。

万里の働いている和食店「八雲《やくも》」は水曜定休なのだが、二十七日は主人の父の七回忌の法要で、店を休むことになった。

「お酒とつまみはこちらで用意しますから、料理はお願いします」

三原の提案に、二三は意気込んで答えた。

「お任せください。料理は豪華版をご用意します」

すると、万里が高らかに宣言した。

「せっかくだから俺、寿司《すし》握ります！」

その言葉に、二三と一子、皐はもちろん、居合わせた三原と梓もびっくりした。かつては魚嫌いで尾頭《おかしら》付きはシラスも食べられなかったのに、寿司が握れるのだろうか。

「魚の造り方は親方に習ってるし、寿司の握り方も手ほどき受けた。機械だって握れるんだから、大丈夫」

宅配寿司や回転寿司のシャリは、機械が握っていることが多い。

「俺、豊洲で魚仕入れてくるから、おばちゃん、酢飯頼む。代金はあとで割り勘ね」

「それじゃ、私も連れて行って。豊洲、一度行ってみたかったの。それにプロの買い出しも見たいし」

というわけで、隅田川花火大会当日の朝、二三は万里と連れ立って豊洲市場にやってきたのだった。

万里は改札を抜けると歩行者デッキを進み、正面のデジタルサイネージの地図を指さした。

「右に行くと第六街区の水産仲卸《なかおろし》売場棟。ここの四階の魚がし横丁は色んな店があって、加工品と道具類が揃《そろ》ってる。一階が仲卸売場」

「え〜と、仲卸って何？」

「水揚げされた魚を卸業者から大きなロットで買って、小分けにして小売業者に売る仕事。卸業者は小分けにする手間がかからないし、小売業者は品質のよい品物を、必要な量だけ買えるってわけ。俺も豊洲に買い出しに行くまで、仲卸って知らなかった」

マグロ仲卸のように一つの魚種に特化している業者もあれば、百種以上の高級食材を一手に扱う業者もいるが、誰《だれ》もが厳しい競争を勝ち抜いてきた魚の目利き集団だ。

「ホントは素人は入ってきちゃダメなんでしょ」

「見学はダメだけど、買い出しならOK」

「業者さんがいっぱいだと、殺気立ってたりする？」

「早朝はね。八時過ぎたら一応、落ち着くよ」

万里は説明しながらずんずん進んでいく。途中にエスカレーターがあったが、通り過ぎた。

「ねえ、一階に降りなくて良いの？」

「これから行くのは種物屋で、三階にある」

「タネモノ？」

「寿司ダネ、天ぷらダネってこと。特種物業界とも言われてる。要するに高級魚介類の専門店だね。活魚、鮮魚、貝類、海老、カニ、ウニ、その他。お客さんは寿司屋、天ぷら屋、料亭なんか。イタリアンやフレンチのシェフもいるよ」

「高いんでしょ」

「安くはないけど、適正価格だよ。ボるような店はやってけないから。掘り出し物もあるよ。今の季節は車海老が狙《ねら》いめ。暑さにやられて死んじゃったりすると、捨て値で売ってくれるから」

二三はすっかり豊洲に通じている万里に、尊敬の念さえ抱いた。

「八雲さんはいつも種物屋さんで魚を仕入れるの？」

「親方は一階と三階を使い分けてる。活魚でなくても良い料理もあるしさ」

万里は一軒の店の前で立ち止まった。店と言っても建物の中にあるので、造りは皆露店状態である。水槽やトロ箱、金属製のバットが並んでいたが、すでに三分の二が空だった。

「おはようございます」

万里は店で働いている年配の男性に声をかけてから「ここ、岩元《いわもと》さんって店」と耳打ちした。

「おはよう。お兄ちゃん、今日は親方は？」

店には他に一人中年の男性が働いていたが、万里が声をかけた人が主人だろう。ゴム前掛けに長靴姿で、五分刈りの頭にねじったタオルを巻いている。雰囲気が魚政の山手政夫《まさお》にそっくりだ。

「今日は法事で休み。この人は前にバイトしてた店の女将《おかみ》さん」

二三を紹介すると、岩元は愛想よく笑顔で会釈した。

「今日、万里君がお寿司を握ってくれるんで、ネタになる魚を買いに来たんです」

「へえ、そうですか。まあ、適当に見てってよ」

すると万里は店内を見回して訊いた。

「親父《おやじ》さん、死んだ車海老ない？」

「まだ生きてる奴《やつ》ならあるよ」

岩元は苦笑して、トロ箱に手を突っ込んだ。中に詰まったおがくずの中から、車海老を二尾つかんだ。

「ご臨終が迫ってるから、安くしとくよ」

「ありがとう」

万里は鯛《たい》、スズキ、カンパチ、鰺、鰯《いわし》、コハダ、ウニ、スルメイカ、車海老を選んで言った。

「鯛とスズキとカンパチとコハダ、造ってください」

「はいよ」

岩元は気軽に応じて従業員を呼んだ。中年の従業員は慣れた手つきで魚をおろし、サクに切ってくれた。特に小さなコハダをおろす包丁さばきは見事だった。

「なんだ、万里君が自分でやるかと思ったら」

「プロにやってもらった方が良いんだって。コハダなんか俺には無理だし。鰯と鰺はうちで、花火の直前におろすよ。その方が美味《うま》いから」

二三が勘定を払うと、万里は片手を立てて拝む真似《まね》をした。

「悪い」

「良いってことよ。君にはただで寿司を握ってもらうんだから」

二人は買った魚を保冷バッグに詰め、カートに積んで岩元を離れた。

その後はマグロ仲卸の店で赤身とトロを少量買い、四階の魚がし横丁で丸武《まるたけ》の玉子焼きを買って、市場駅に向かった。

「万里君、コハダだけど、うちで締めようか?」

コハダは酢で締めて寿司ダネにする。

「良いよ。結構面倒だから」

「塩して洗って酢に漬けるだけじゃダメなの?」

「大雑把に言えばね。でも均等に塩振るの、結構テクニック要るんだよ。それに親方は漬け酢に昆布《こんぶ》と柚子《ゆず》の皮なんか入れて風味を出してるし」

二三は思わずため息をついた。

「やっぱり、八雲さんは違うわね。芸が細かいわ」

万里は屈託のない声で言った。

「はじめ食堂は家庭の味で良いと思うよ。それで十分美味いし。だけど八雲は何倍もお金いただいてるから、それに見合った手間が要る。それだけの違いだよ」

二人は豊洲駅で有楽町線に乗り換え、月島駅に戻ってきた。

「じゃ、六時ね」

「うん。酢飯、頼みます」

短い挨拶《あいさつ》を交わして別れ、それぞれ胸躍らせながら、今夜の花火大会に備えたのだった。


「こんにちは」

夕方六時五分前に、二三と一子、要、皐、万里、そして野田梓の六人は三原の住む高層マンションのエントランスに集合した。

七月終盤の夕方は、まだ陽が沈んでおらず、周囲は明るかった。そして蒸し暑い。じっとりと肌にまとわりつく、この季節独特の不快な暑さだ。

皆それぞれリュックを背負ったり手荷物を抱えたりしていたが、梓も大きな紙袋を提げていた。

「デザートにメロン買ってきたの」

袋の中に四角い紙包みが覗《のぞ》いていた。木箱入りのメロンだ。

「野田ちゃん、気を遣わなくても良いのに」

「そうはいかないわよ。あたしだけ手ぶらっていうのもね」

すると万里が一同の顔を見回して呟《つぶや》いた。

「康平《こうへい》さんと瑠美《るみ》先生も来ればよかったのに」

せっかくの寿司の手並みを、二人にも披露したかったのだろう。

ちなみに辰浪《たつなみ》康平と菊川《きくかわ》瑠美のカップルは、二人で隅田川花火大会を観に出かけていた。早い時期に第一ホテル両国《りょうごく》を予約して、涼しいホテルの部屋から花火見物としゃれこむという。両国のホテルにしたのは、浅草周辺はものすごい人出で混雑するので、それを避けたのだった。

インターフォンを押すと、すぐに三原が応答した。

「いらっしゃい。どうぞ」

オートロックが解除され、自動ドアが開いた。

後からやってきた高齢の男女が、一緒にドアの内に入った。居住者の夫婦だろう。二人とも七十代後半に見える。妻はカラフルなステッキをついていた。後で知ったことだが夫は内館昭彦《うちだてあきひこ》、妻は伊都子《いつこ》という名で、内館は上場企業の元取締役だった。

エレベーターは四基設置されていたが、なかなか降りてこなかった。ホール内にはエレベーター待ちの人たちが二十人ほどいた。

内館は周囲を見回して不機嫌な声で言った。

「なんだって今日はこんなにエレベーターが混んでるんだ」

「隅田川花火大会だからじゃありませんか」

伊都子の声には、夫の機嫌を取るような響きが感じられた。

「まったく、あんなもの、はるか遠くに見えるだけだろう。こんなところまで押しかけて来なくてもよさそうなものだ」

内館は吐き捨てるような口調で言った。

わざわざ押しかけてきた二三たちは、内館の憎まれ口に忸怩《じくじ》たるものを感じた。どうやら住民の中には、花火の見物客を迷惑に思っている者もいるらしい。それとも……。

二三はあらためてエレベーター待ちの人たちの顔を見た。万里と要と皐以外に若い人はおらず、ほとんどが中高年だった。

そりゃあ家賃、高いものね。若い人は払えないわ。

大川端リバーシティ21の建設と地域の再開発は、日本住宅公団（現・都市再生機構）と三井不動産、東京都住宅供給公社の官・民・公の三者共同で行われた。公団と公社の提供する住宅は、URとしては破格の値段ではあったが、ある程度の年収があれば購入可能だった。しかし三井不動産の手掛けた住宅は、高額所得者でなければ手が出せない。三原が住んでいるこのマンションもその一つで、若い人が少ないのは道理だった。

エレベーターが一階に到着した。

二三たちは先に到着したエレベーターに他の人たちを乗せ、最後に降りてきたエレベーターに乗り込んだ。

「さっきのジジイ、超感じ悪い」

要が鼻の頭にシワを寄せた。

「ジジイあるあるよ。定年で天下りして、あっちゃこっちゃ渡り鳥で退職金せしめて、やっと引退してもまだ威張りたいのよね」

「あたしはあの奥さん、気の毒だった」

梓は同意を求めるように二三を見た。

「あの年になってまだ、ワガママな旦那《だんな》の機嫌取らなきゃならないなんて、最悪」

「そうよね。私もとても我慢できない。残り少ない人生、せめて一人でのんびりしたいわ」

思えば二三の周囲には、夫が威張っていて妻がおどおどしているという夫婦はいなかった。大抵は夫婦円満で、どちらかと言えば妻が家庭内でリーダーシップを取っているケースが多かった。

「夫婦円満の秘訣《ひけつ》はかかあ天下よね」

二三が言うと、梓が大きく頷いた。

「それじゃ要は絶対夫婦円満だな。かかあ天下に決まってるし」

万里が言うと、要もにやりと笑って言い返した。

「万里も夫婦円満になるよ。尻に敷かれるの、うまいもんね」

三原の部屋の前で、ドアフォンを押すと、すぐに扉が開いて三原が玄関に出迎えた。

「どうぞ、どうぞ」

三原は一同をリビングに案内した。ダイニングテーブルの上には人数分のフルートグラスとアルミの大皿が三枚並び、カナッペが盛られていた。

「まずは皆さん、つまみながら一杯やってください。適当なところで、万里君にお寿司を握っていただきます」

三原は冷蔵庫からピンク色のラベルのモエ・エ・シャンドンの瓶を取り出すと、慣れた手つきで栓を抜き、グラスに注いだ。

その間も女性陣の目は皿の上のカナッペにくぎ付けになった。

「三原さん、この黒いの、もしかしてキャビア？」

三原は笑顔で頷いた。

「いつもはランプ・フィッシュを使うんだけど、今日は特別」

三原はピンク色のシャンパンを満たしたグラスを各人に勧めた。

「これはバゲットにバターを塗ってキャビアを載せたもの、こっちはクリームチーズとスモークサーモン、そしてこれは……」

三原は茶色い粒状のトッピングを指さした。

「サクサクしょうゆアーモンド。砕いたアーモンドを醤油風味の香味オイルに漬けたもので、実はご飯のお供なんですよ」

「まあ」

女性たちはサクサクしょうゆアーモンドを凝視した。ご飯のお供にアーモンドとは珍しい。

「ご飯にも合うけど、冷奴の薬味にも合う。薄切りのバゲットに載せたらイケるんで、シャンパンのつまみに良いと思って」

一同がグラスを手にしたところで、三原は高らかに声を上げた。

「それでは隅田川花火大会の開催を祝して、乾杯！」

それぞれグラスを傾けたところで、やはりみんな、真っ先にキャビアのカナッペに手を伸ばした。キャビアの塩気がバターの豊潤な旨味と溶け合って、高級感この上ない至福の味が舌を包んだ。

「美味しい……」

「キャビアを食べるのって、何年ぶりかしら」

みんなうっとりと目を細めた。

「キャビアはクリームチーズやサワークリームとも合うんです。今日はスモークサーモンとクリームチーズを合わせたかったので、バターにしたんですが」

しかも三原はキャビアの塩気を考えて、無塩バターを使っていた。

「三原さんがこんなに料理上手だったなんて、お見逸《みそ》れしました」

一子が賛嘆のまなざしを向けると、三原は照れて首を振った。

「そんな、料理なんてもんじゃありませんよ。パンを切ってあり物を載せただけですから」

万里はキャビアのカナッペをつまんでから、スモークサーモンに手を伸ばした。

「万里、サーモン、大丈夫なの？」

要が心配そうな顔をした。

「最近は白身で、火を通してあればなんとかいけるんだ」

「サーモンは赤身でしょ」

万里は人差し指を立て、メトロノームのように振った。

「それが違うんだな。鮭《さけ》は白身魚なの」

魚の赤身と白身は、見た目でなく筋肉の種類で分けられる。マグロやカツオなどの回遊魚は「遅筋」という持久力を貯《たくわ》える筋肉を持ち、鯛や平目《ひらめ》などの回遊しない魚は「速筋」という瞬発力に恵まれた筋肉を持つ。二つの筋肉は含まれている色素が違う。

鮭は生物学的には体側筋が速筋から成る魚のため、赤身魚ではなく白身魚に分類される。身がピンク色なのは、普段食べている餌《えさ》の甲殻類に含まれる「アスタキサンチン」という赤い色素の影響だった。

「知らなかった！」

万里は胸を反らし、おなじみのどや顔で言った。

「ますます俺を尊敬しただろう」

「ば～か」

要は変顔でお返しをしてシャンパンを飲み干した。

傍らでは、サクサクしょうゆアーモンドのカナッペを一口齧《かじ》った皐が尋ねた。

「パンに塗ってあるのはクリームチーズですか？」

「カッテージチーズです。ご飯のお供なので少し塩分が強いから、塩気の少ないチーズで中和してみたんだけど、どう？」

「美味しいです。塩気もちょうど良いし、チーズで旨味がアップしてる感じです」

三原は冷蔵庫から二本目のモエ・エ・シャンドンを取り出した。

「どうぞ、遠慮しないで開けてください。万里君、準備ができたら、いつでも始めてください」

三原は瓶の栓を抜き、皆のグラスに注いで回りながら、万里に訊いた。

「包丁とまな板、うちので大丈夫かな？」

「大丈夫です。包丁は持ってきましたから。それと、ボウルとお酢をお借りできますか？」

「ああ、手酢だね」

寿司職人が寿司を握る時、「手酢」と呼ばれる水に酢を混ぜた液体を手につける。

万里がキッチンに移動すると、二三もついて行って、持参した酢飯を調理台に置いた。容器には濡《ぬ》れ布巾《ぶきん》を敷いて乾燥を防いである。

「おばちゃん、ワサビおろしてくれる?」

万里が本わさびの茎と鮫皮《さめがわ》のおろし板を示した。

「あら、本格的」

二三は手を洗ってからわさびを握り、鮫皮おろしに当てておろし始めた。

一方、万里は金属のおろし金で生姜《しょうが》をおろし、小ネギを刻んだ。

下準備が終わると、万里はリュックから取り出したパック容器を調理台に置いた。中にはサクに切ったマグロ・カンパチ・スズキ・鯛、三枚におろして皮を剝《む》いた鯵・鰯・コハダがきれいに並べられていた。別の容器には玉子焼き・ウニ・車海老、スルメイカが並んでいる。

万里は持参した柳葉包丁を取り出すと、きれいな布巾で拭《ふ》いてから右手に構えた。まな板に載せた鯛のサクに刃を当てると、流れるように引いた。鯛は切り口の立ったきれいなネタになった。

誰もがシャンパンのグラスとカナッペを手に、万里の作業を見守った。鯛、スズキ、カンパチ、マグロが次々にネタにされてゆく。

万里は一度包丁を置くと、傍らに置いた容器の蓋《ふた》を取り、手酢をつけて酢飯を手にした。

俵形に握ってわさびを塗り、ネタを載せて軽く握ると、紙の小皿に置いた。鯛の握り寿司の完成だ。

マグロ、カンパチ、スズキと次々に握って小皿に載せてゆく。

「適当に食べてって。醬油付けてね」

一口食べて、二三は素直に感動した。万里の握ったシャリはふわりとしていて、宅配寿司の、いかにも機械が握った固さがなかった。上に載せた寿司ネタも美味い。さすがは豊洲の種物屋の商品だ。

三原が時計を見てテレビをつけた。六時半からは隅田川花火大会を特集する番組が放送されている。

「テレビだと花火の解説もしてくれるので、分りやすい」

三原は音量を絞って、気にならない大きさに調節した。

「それにアップで映るから、ここから観るよりきれいです。何しろ今頃は七時になっても、あまり暗くないしね」

三原は苦笑したが、それでもリアルに花火を眺めるのは贅沢な気分だった。

花火大会が始まった。窓を細目に開けると、かすかにではあるが、花火を打ち上げる音が聞こえた。みんな花火が打ち上がると、テレビ画面に目を遣《や》って、今の花火のアップを眺めた。皮肉なことに、まだ暗くなりきらない空を背景に上がった花火は、肉眼ではあまりパッとしない。それがテレビ画面で観ると、実に鮮やかに映るのだった。

「きっと隅田川に屋形船浮かべるより、ここで観る方が良いよ」

万里に続いて、二三も言った。

「屋形船乗ったら、暑くてたまんないでしょうね」

「お母さん、今の屋形船は冷房完備よ」

「素通しじゃ、冷房利かないでしょう」

「全部ガラス張り。ガラス越しに見物するってわけ」

「それも風情《ふぜい》がないわねえ」

皆であれやこれや花火談義を交わしているうちに、第一幕の握りは一通り食べ終わった。

「今度は少し脂っぽいの、行くよ」

万里は鯵、鰯、コハダの順で寿司を握った。鯵と鰯にはワサビではなく、ネタの上におろし生姜と小ネギを載せた。

二三は鯵の握りをつまんで、その爽やかな旨味に驚かされた。新鮮な鯵のネタは臭みが全くない。そして白身の刺身に通じるような、繊細な味も感じた。

「なるほどね。シマ鯵が白身に分類されるの、納得の味だわ」

次に食べた鰯の握りは、同じ青魚なのに鯵とは一線を画す味わいだった。焼き魚の時も感じたが、生だと彼我《ひが》の違いは一層強く感じられる。何しろ脂が強い。蕩《とろ》けるようなと形容しても良いかもしれない。下品と言えば下品だが、これほど分りやすい旨さはないだろう。食べた瞬間にインパクトがある。

「次、コハダもいってみて」

二三はコハダの握りを口に入れた。酢で身の締まった小魚は、さっぱりとした酸味で、口の中の脂を洗い流してくれるようだった。鰺や鰯のような自己主張はないが、控えめな滋味がある。若い香りが鼻に抜ける気がした。

「万里君、大したものだね。プロの寿司職人と比べても遜色《そんしょく》ない腕前だよ」

三原が万里を称《たた》えるようにグラスを掲げた。

「三原さん、褒めすぎ」

さすがに万里は神妙な顔になった。

「俺は酢飯にネタを載っけて握るだけで、パーティーの余興なら通用するけど、その程度。プロの寿司職人は、時間かけてネタに仕事してるんだって、うちの親方が言ってました」

「万里君、えらいね。さすがプロの料理人だわ」

梓が感心したように言った。

「食通のお客さんがよく言ってた。一流のお寿司屋さんは、食材に応じて煮る、炙《あぶ》る、燻《いぶ》す、酢で締める、漬ける……色んな仕事して、一番美味しい味を引き出してから、握るんだって」

「僕は万里君が今握ってくれてる、新鮮なネタを酢飯に載せた握りも大好きだよ。ただ、それだけが寿司だと思われるのは寂しいね」

三原は頼もしそうに万里を見た。

「所謂《いわゆる》江戸前寿司の技と工夫は、大げさに言えば日本の宝だ。大勢の人に知ってもらいたいし、受け継いでもらいたいよ」

それから一同を見回した。

「さてと、次の飲み物はどうします？　日本酒もありますよ」

要が涎《よだれ》を垂らしそうな顔になった。

「日本酒、いただきます。やっぱり寿司には日本酒……」

三原が四合瓶を二本、テーブルに並べた。

「超王祿《ちょうおうろく》の無濾過《むろか》本生と、飛露喜《ひろき》の純米大吟醸。どっちも寿司によく合うと思いますよ」

三原は日本酒用のグラスと大き目のグラス、そして水のボトルをテーブルに置いた。皐が水をグラスに注ぎ分けた。

「お酒は各自、お好きな方を注いでください」

二三は一子に訊いた。

「お姑《かあ》さん、どっちにする？」

「あたしはどちらでも」

おそらく両方飲むことになるから、どちらが先でも構わない。

二三は二つのグラスに、まず飛露喜を注いだ。

花火大会は順調に進行していた。窓からの眺めとテレビ画面のアップを交互に観るのにも慣れた。小さく聞こえる花火の音が、臨場感を演出してくれた。これで全然音が聞こえなかったら、花火を観ている気がしなかっただろう。

万里はスルメイカを握った。身の上に軽く塩を振り、酢橘《すだち》のしぼり汁を一垂らしして皮をすりおろした。しかも一子の分は身に隠し包丁を入れる周到さだった。

「万里君、本当に立派になったね」

「もう完全にプロの料理人よ」

一子と二三は頷き合った。

万里は「魚介」のうち「魚」は得意でなかったが、「介」は好物だ。海老、カニ、イカ、タコ、貝類、ウニ、イクラなどだ。

万里は自分用にイカを握って口に放《ほう》り込んだ。

「うめえ」

自分で褒めて超王祿を一口飲むと、鍋《なべ》に湯を沸かした。

「何するの？」

要が鍋を覗き込んだ。

「車海老を茹《ゆ》でる」

「えっ？　せっかく生なのに」

「車海老は生で食べるより、さっと茹でた方が甘味が増して美味いんだよ」

万里は手早く海老の頭を取り、殻を剝くと、沸騰した鍋に入れた。ほんの数秒で引き揚げて氷水に移し、すぐザルに上げた。キッチンペーパーで水気を拭き取り、まな板に並べると寿司を握った。

「ホント、甘い！」

要は車海老の寿司を頰張《ほおば》って歓声を上げた。

茹ですぎていないので身のプリプリした食感は十分残っており、しっとりした舌触りも損なわれていない。加熱によって引き出された旨味は、甘味となって味蕾《みらい》を刺激する。

万里も車海老の寿司を口に入れた。

「お魚の方を食べてないんだから、こっちは一杯食べてね」

二三が言うと万里は「ごっつぁんです」と返した。そして海老を茹でた鍋に頭と殻を入れて、再び加熱を始めた。

「これで出汁《だし》取って、味噌汁にするよ」

「万里君、冴《さ》えてるわねえ」

皐が尊敬のまなざしになった。

「海老から濃厚な出汁が出るから、味噌だけで十分美味しいわ」

ハイライトのウニは、軍艦巻きではなく、普通の握りになった。

市場に出回るウニはエゾバフンウニとキタムラサキウニの二種類で、エゾバフンウニは濃厚な旨味、キタムラサキウニはスッキリした雑味のない旨さが特徴だ。そしてウニは競りで価格が決まる数少ない商品でもある。他の商品は相対で価格が決まるので、品質もほぼ決まっている。つまり、ウニは時に掘り出し物がある。見た目は悪いが味は良い、という品だ。

今日のウニは岩元の主人が特別に売ってくれた掘り出し物だった。確かに見た目は悪い。色が濃かったり薄かったりまちまちで、大きさもばらつきがあった。高級な店では使えない。しかし……。

「……」

ウニの握りを口に入れるや、誰もがしばし言葉を失った。ほっぺたが落ちそうというより、魂を別世界に持っていかれそうだった。海苔《のり》が介在しないので、ウニの味がストレートに口の中を支配した。

「これ、人生のウニランキング一位」

要がほっとため息を洩《も》らした。

「涙出そう」

たっぷりウニを載せた握りは、全員で二貫ずつ食べられた。

「このくらいがちょうど良いね」

梓が二三に言った。

「これ以上食べると、感動が薄れそう」

「そうね。二十年前だったら十貫くらい食べられたけど、さすがに今はもう、無理」

二三も胃の辺りを撫《な》でた。ただし、満腹という意味ではない。ウニ以外の物は、まだ十分に入る余地がある。

その時、オートロックのチャイムが鳴った。

「失礼」

すぐに三原が応対に出て「どうぞ、上がってきて」と答えてロックを解除した。

しばらくしてドアフォンが鳴った。三原がドアを開けると、フードデリバリーの男性がプラスチック製のケースを抱えて入ってきた。

「どうもご苦労さん」

三原はスマホで決済を済ませ、男性は荷物を置いて立ち去った。

三原はケースをリビングのテーブルに運んで行った。

「なんですか？」

蓋を開けると、中にはローストビーフが盛り付けられていた。焼きたてらしく、香辛料の良い香りがふわりと広がった。フライドポテトもたっぷり添えてある。

「万里君が寿司を握ってくれたんで、肉料理を用意しました」

皆歓声を上げると、花火の音がひときわ高く響いた。花火大会もいよいよ佳境に入り、大物が続々と打ち上げられている。空はすっかり暗くなり、花火との色の対比も鮮やかだ。

「冷めないうちに、どうぞ」

一通り寿司は堪能《たんのう》したが、ローストビーフは別腹だった。いや、寿司で良い具合に温まった食欲のエンジンが、ローストビーフでさらに出力を上げたようだ。一同はテーブルの周りに集まり、それぞれ肉を皿に取り分けた。

三原は今度は赤ワインの瓶を出してきて、栓を抜いた。

「肉にはやっぱり赤ワインでしょう」

新しいグラスに注がれる赤い液体は、肉祭りを盛り上げる花火の色だ。それぞれグラスを取り、乾杯して口をつけた。

一流の店で注文したらしく、ローストビーフは柔らかくジューシーで、焼き加減も素晴らしかった。

「沖縄《おきなわ》じゃシメはステーキだけど、シメがローストビーフっていうのも素敵ねえ」

早くも赤ワインを半分飲んだ要が言った。

「普通の店じゃ、お寿司とローストビーフをいっぺんに食べるのは無理ね。今日は本当にラッキーだった」

皐もローストビーフを一切れ頬張った。

やがて隅田川花火大会も、寿司とローストビーフの饗宴《きょうえん》も、終わりを迎えた。

「花火はスターマインしか知らなかったけど、今はもっとすごいのがあるんだねえ」

一子がテレビの画面を観て呟いた。

「江戸時代の花火は、こんなにカラフルじゃなかったそうです。確かに今とは火力も材料も、段違いだったでしょうからね」

三原はテレビの電源を切った。

最後は梓が持参したメロンが、三原が淹《い》れた薫《かお》り高いコーヒーと共に供された。

「ああ、美味しかった。ごちそうさま」

一子がソファから立ち上がり、万里と三原に言った。

「お二人のお陰で、本当に一生ものの贅沢をさせていただきましたよ。ありがとうございました」

二三と要、皐、梓も一子に倣い、口々に礼を言って頭を下げた。三原は笑顔で首を振った。

「僕は何もしていません。みんな万里君のお陰ですよ」

万里もさすがに照れてしまった。

「いやあ、俺もこういうことしたの初めてで、一日寿司屋気分味わえました。ホント、良い経験させてもらって、ありがとうございます」

「僕も、皆さんに来ていただいてよかった」

三原は窓の方に目を遣った。花火が終わった後の夜空は、それまでよりさらに暗さを増していた。

「毎年他人事《ひとごと》のように無関心だった隅田川の花火が、今夜はとても身近に感じられました。楽しいひと時でした。本当にありがとう」

二三はふと、三原はかつては奥さんと二人、この部屋で花火を眺めていたのではないかと思った。その奥さんを失ってから、東京湾大華火祭も、隅田川花火大会も、通り過ぎる風景と同じように、関心の外になってしまったのかもしれない……。

「おばちゃん、俺たち片付けしていくから、先に帰んなよ」

万里の声で、二三は現実に引き戻された。万里と要と皐は、やる気満々で腕まくりしている。

「あら、あたしも手伝うわよ」

梓が言ったが、万里は押しとどめるように片腕を伸ばした。

「台所、そんなに入れないから」

「野田さん、お言葉に甘えて、若い人に任せましょう」

一子が梓と二三を均等に見て言った。

「そうだね。というわけで三原さん、高齢者グループはお先に失礼します」

二三は一子と梓の腕を取り、玄関へと促した。

「お気を付けて」

「ありがとうございました」

玄関口で短い挨拶を交わし、三人はエレベーターホールへ向かった。

エレベーターの前には数人の先客が到着を待っていた。三歳くらいの男の子を連れてベビーカーを押す若い母親と、最前エレベーターホールにいた内館夫婦だった。夫の方はまたしても不機嫌な顔をしていた。

一基目のエレベーターが到着した。他の三基はまだ高層階に上がってくるまで時間がかかりそうだったので、二三たちはそのエレベーターに乗った。

「一階でよろしいですか?」

二三が尋ねると、若い母親と内館伊都子は「ありがとうございます」と挨拶したが、内館昭彦は黙ってふんぞり返っていた。

エレベーターが降下し始めた。

不意に、エレベーター内の照明がすべて消えた。次の瞬間、エレベーターが急停止した。

「な、何だ?」

乗客は口々に呟いた。

「停電？」

二三はスマホを取り出し、万里にかけた。停電してもバッテリーの充電があれば、スマホは使える。

呼びかけるとすぐに応答した。

「万里君」

「おばちゃん、今、どこ？」

「エレベーター。停電したの。何がどうなったか分る？」

「こっちも停電。今、三原さんが管理人と連絡取るって」

「ありがとう。状況が分ったら知らせてね」

二三が通話を切ると、梓が自分のスマホのライトをつけて、室内を照らした。

と、内館がエレベーターの各階のボタンを片っ端から押し始めた。

「あなた、何してるの」

「前にテレビで観た。エレベーターで地震が起きたら、とにかく全部の階のボタンを押して、止まった階で降りろと」

「今は関係ありません。地震じゃなくて停電ですから、電気が復旧するまでは動かないと思いますよ」

梓は感情のない冷静な口調で言ったのだが、内館は激昂《げきこう》した。

「うるさい！」

こぶしを振り上げ、ガンガンとエレベーターの扉を叩《たた》いた。伊都子はおろおろと立ちすくんでいる。

「こんな所に閉じ込められてたまるか！」

今度は足で扉を蹴飛《けと》ばした。

その剣幕に、幼児は怯《おび》えてしゃくりあげた。母親が内館に背を向けて子供を抱きしめた。

「もし、落ち着いてください」

一子がたまりかねて声を上げたが、内館の狼藉《ろうぜき》は止《や》まない。

幼児は母親にすがって泣き出した。

「うるさい！　静かにしろ！」

二三は内館の前に立った。

「うるさいのはあなたです。静かにしてください」

「良い年をして、小さなお子さんの前で取り乱すなんて、恥ずかしいと思いませんか」

一子も毅然《きぜん》と言い放った。

「黙れ、くそ婆《ばばあ》！」

二三はその一言で、頭のねじが飛んでしまった。

「黙るのはあんただよ、くそ爺《じじい》！　初対面の人間に向かって、よくそんな無礼な口が利けたもんだ。どういう育ち方してきたの？　小学校から礼法やり直しなさい！」

内館は二三の胸ぐらをつかもうとしたのか、右手を伸ばした。しかしその手は宙で止まり、壊れた笛を鳴らすような声を立てると、喉元《のどもと》を押さえた。それから両手で喉元をかきむしるような仕草をして、膝《ひざ》から床にくずおれた。

「……！」

若い母親は声にならない声を上げた。

伊都子は呆然《ぼうぜん》とした顔で、仰《あお》向けに倒れた夫を見下ろしている。

二三は内館の脇《わき》に膝をついて屈《かが》んだ。梓がスマホのライトを向けて、内館の顔を照らした。二三は内館が閉所恐怖症で、パニックから発作を起こしたのだろうと見当をつけていた。

「過呼吸の発作だと思う」

二三は内館のシャツの首元のボタンをはずし、背中をゆっくりと撫でて穏やかな呼吸のリズムを促した。以前は、過呼吸の発作には口元に袋をあてがうのが良いとされたが、今ではそれは逆効果と言われている。

内館の呼吸が少し落ち着いてきたとき、再び二三のスマホが鳴った。二三はスマホのスピーカーをオンにして電話に出た。

「ああ、おばちゃん、大丈夫？」

「私たちは大丈夫。中で一人、過呼吸の発作を起こした人がいるから、一応救急車呼んだ方が良いと思う」

「分った。それで停電だけど、近くで大きな自動車事故があって、送電線がやられたんだって。復旧までの時間は不明だけど、管理会社ではすぐに自家発電機に切り替えて、ビル内に電力を供給するって」

「ありがとう。じゃあ、それまで待ってれば良いわけね」

「うん。あ、今、三原さんに代わるよ」

通話を代わった三原からは、もう少し丁寧な説明が聞けた。しかし、電力が復旧するまで待つしかないという結論は同じだった。

二三が通話を終えると、伊都子がスマホを取り出した。

「ああ、光夫《みつお》、今、どこ？」

通話の相手は息子らしい。伊都子はエレベーターに乗ってから生じたアクシデントを、簡単に説明した。

「そういうわけだから、お母さんは救急車に乗って、お父さんと病院まで行くわ。だから、待ってないで帰って大丈夫よ」

それからしばらくやり取りがあって、伊都子はスマホをしまった。

伊都子は二三と一子に深々と頭を下げた。

「本当にありがとうございました。大変お見苦しい醜態をさらして、お恥ずかしい限りです。すみませんでした」

二三が「いえ、奥さんが謝ることありませんよ」と言う前に、伊都子は先を続けた。

「私、離婚します」

二三も一子も梓も、突然の宣言に驚いて顔を見合わせた。

「五十年も我慢してきましたが、もううんざりです。私は今年七十五です。あとどのくらい元気でいられるか分りません。残された時間は自分で自由に生きたいんです」

伊都子はだらしなく床に横たわっている夫を、冷たい目で見下ろした。

「散々威張り散らしていたくせに、エレベーターが止まったくらいで取り乱して目を回すなんて、みっともないったらありゃしない。つくづく愛想が尽きましたよ」

それからほどなく、内館は意識を取り戻した。壁にもたれかかって床に座り、決まりが悪いのかじっと目を閉じたまま、一言も口を利かない。

しばらくして、エレベーター内の照明が点滅し、復旧した。

二三はすぐに一階のボタンを押した。エレベーターがゆっくり降下を始めた。

「ああ、良かった」

若い母親がほっとしたような声を漏らし、エレベーター内にいた女性たちは、それぞれ微笑《ほほえ》みを交わした。

エレベーターの扉が開くと、ホールには何人もの人が待っていた。夫らしい若い男性が、子供を抱いた女性に駆け寄って、二人はしっかりと抱き合った。

四十代半ばの背の高い男性がエレベーターに入ってきて、内館を助け起こした。光夫という息子だろう。

「お母さん、病院には僕が付き添うから大丈夫だよ。今日はうちで休んだ方が良いよ」

しかし、伊都子はきっぱりと首を振った。

「私が付き添うわ。これが最後の御奉公よ」

光夫も内館も怪訝《けげん》な顔で伊都子を見返した。しかし、伊都子はそれ以上語らぬまま、親子三人は救急隊員の方へ歩いて行った。

二三と一子と梓は、思わず顔を見合わせた。

「野田ちゃんの言った通りになったね」

梓は肩をすくめた。

「どうせなら、もっと早く決断すればよかったのに」

「でも、死ぬ前に少しだけせいせいする時間が持てて、良かったわよ」

一子がさっぱりした顔で言った。

「七十五はまだ若いわ。あと十年くらいは、食事や旅行や趣味を楽しんで、快適に暮らせるでしょう」

エレベーターホールに万里と要、皐が現れた。動き始めたエレベーターに乗って、降りてきたのだ。

「おばちゃんたち、大丈夫？」

心配そうに尋ねたが、高齢者三人はにっこり笑い、口を揃えて答えた。

「大丈夫！」

第四話

本屋のカレーパン

「夏はもう終わっちゃったのよねえ」

小鉢のオクラ納豆をかき混ぜながら、ご常連のワカイのOLがため息を洩《も》らした。

「急にどうしたの？」

里芋の煮物を箸《はし》でつまんで、連れのOLがわずかに眉《まゆ》を上げたが、口に入れた途端、「これ、美味《うま》」と呟《つぶや》いた。

九月になって出回り始めた里芋を、コンニャクと豚コマと醤油《しょうゆ》・出汁《だし》・砂糖・みりんで煮た今日の有料小鉢は、食べ応《ごた》えたっぷりだ。ゴマ油風味が更に食欲を刺激する。

「だって、夏っていっつも気が付けば終わってるんだもの。まだ暑いから夏かなって思ったらもう九月でさ」

ご飯にオクラ納豆をかけて、OLはずるずるとご飯を啜《すす》り込んだ。

「夏に何か起こるのはドラマだけよ。もう何もないのに慣れちゃった」

三人目のOLが焼き鮭《じゃけ》の皮を剝《は》がして言った。彼女たちはいつも四人グループでやってくる、ランチのご常連だ。

「でも夏が終わると、なんか寂しいのよね。春秋冬は、そんなこと思わないのに」

四人目のOLはハンバーグの最後の一切れを箸でつまんだ。

「やっぱり、冬に向かうからかなあ。何となく、冬って暗いイメージだし」

「うちのお祖母《ばあ》ちゃん『冬のソナタ』に夢中になって、わざわざ冬に韓国ツアーに行ったわよ」

「すごい、寒そう」

「うん。冷えすぎて膀胱炎《ぼうこうえん》になっちゃった」

女性グループの席は笑いに包まれた。

「さっちゃん、牡蠣《かき》フライはいつから始めるの？」

豚しゃぶピリ辛ぶっかけうどんを注文したご常連の中年サラリーマンが訊《き》いた。

「十月からになります」

「十月かあ。ああ、そういや、来週はシルバーウィークだよなあ」

お客さんは少し浮かない顔をした。

「休みだったって、することもないんだよなあ。どこ行っても混んでるし」

「カミさんと子供に出かけてもらって、家で留守番するのが一番良いよ」

連れの中年男性が言った。この人もご常連だ。

「子供が小さい頃《ころ》、お盆に車で旅行に行ってさ、帰りに渋滞でひでえ目に遭ったよ」

「あれは地獄だよね。とはいえ小さい子を連れて旅行となると、やっぱり車だよなあ」

二人のご常連は「昔のおじさんあるある」話で盛り上がった。

二三《ふみ》はお客さんの話を聞くともなく聞きながら丼《どんぶり》にご飯を盛り、毎年ニュースで報道があるのに、どうして渋滞が予想される日に帰宅するのだろうと、頭の片隅で考えた。

「日替わり一、小鉢プラスでお願いしま〜す」

「は〜い、日替わり一、小鉢プラスで」

皐《さつき》の声で余計な考えは吹き飛び、二三はランチの配膳に集中した。

今日のはじめ食堂のランチ定食は、日替わりがハンバーグ一択で、おろしぽん酢かデミグラスソースを選べる。焼き魚は塩鮭、煮魚はサバの味噌煮《みそに》、定番で鶏《とり》の唐揚げ、トンカツ、海老《えび》フライ、そしてカツカレーとオムカレーがある。

ワンコインは豚しゃぶピリ辛ぶっかけうどん。九月とはいえ残暑が厳しいので、冷たい麺類《めんるい》は好まれる。

小鉢はオクラ納豆、五十円プラスで里芋と豚コマとコンニャクの煮物。味噌汁はナス。漬物はキュウリとナスの糠漬《ぬかづ》け。ぬか床は一子《いちこ》手製のヴィンテージものだ。

これにドレッシング三種類かけ放題のサラダがついて、ご飯と味噌汁はお代わり自由。これで一人前七百円（海老フライのみ千円）は、今の世の中、探してもほぼあるまい。もっと安い弁当や定食はあるが、手作りにこだわり、季節感を大切にしてこの値段は、二三、一子、皐、三人の努力と工夫のたまものだ。二三はそれをとても誇らしく思っている。

しかし……。


「暦と季節感って、すごいずれてると思わない？」

サバの味噌煮の身を箸で割って、野田梓《のだあずさ》が言った。

「二十四節気とか言うけど、全然ピンと来なくて。今年の立秋って八月七日から二十二日だったのよ。暑い盛りじゃない。これから秋を迎える雰囲気なんか、ゼロ」

梓は銀座《ぎんざ》の老舗《しにせ》クラブのチーママなので、客席を盛り上げられるように、各方面の知識に詳しい。二三は二十四節気がどうなっているのか、まるで知らなかった。

「江戸時代は現代に比べて気温が低かったから、そのせいもあるんじゃないかな」

ハンバーグにおろしぽん酢を選んだ三原茂之《みはらしげゆき》が言った。

「地球の気温は温暖期と寒冷期を交互に繰り返しながら変動していて、大昔には氷河期なんてのもあった。大雑把《おおざつぱ》に言うと縄文時代は暖かく、弥生時代は寒く、平安時代はまた温暖になり、江戸時代は再び寒くなった。十四世紀から十九世紀半ばは《小氷期》と呼ばれていて、テムズ川が凍結した記録が残ってるんだ。江戸時代の三大飢饉《ききん》も、冷夏で米が不作だったのが原因だし」

二三は頭の中で折れ線グラフが上下する様を想像した。

「あの～、つまり今は温暖期ってことですよね」

「……だろうね。ただ、学者の中には反対の説を唱えてる人もいるから、あと百年くらいしないと分らないんじゃないかな。ま、その頃はもう、僕はこの世にはいないけど」

皐が冷たい麦茶を注《つ》ぎ足して言った。

「今日、お客さんが、他の季節はそうでもないのに、夏が終わるのは寂しいって仰《おつしや》ってたんです。そう言われると私も同感で、不思議ですよね」

三原はほんの少し寂し気に微笑《ほほえ》んだ。

「それはさっちゃんもお客さんも若いからだよ。この年になると、秋が来るとホッとする。毎年どんどん暑くなるから、夏はしんどくてね」

カウンターの端で椅子《いす》に座っている一子が頷《うなず》いた。

「そうですね。今は冷房があるから家にいれば涼しいけど、ちょっと表に出ると、途端に暑くて」

一子はぐるりと周囲を見回した。

「昔はよく冷房なしでいられましたよ」

冷房設備のなかった頃、夏は窓と入り口を開けっぱなしにして、扇風機を回していたが、大して涼しくはならなかった。汗だくで働いていたはずだが、不思議と暑くてつらかったという記憶は残っていない。多分あの頃は若くて……それに今よりは少しは涼しかったような……。

一子の頭の中にあの頃がよみがえった。一九六四年の東京オリンピックの翌年、孝蔵《こうぞう》と二人ではじめ食堂をオープンした当時の、懐かしいあれこれ。昨日のこともなかなか思い出せないのに、六十年近く前のことは、色鮮やかに目の前に現れる。

「私はなんだか、止まっていた時間が動き出したような気がする」

二三の声で、一子は昭和から令和に引き戻された。

「株価はバブル時代の最高値を超えて、ずっと上がらなかった初任給が上がって……物価だってこれからどんどん上がりますよね」

二三の子供時代はいわゆる「高度経済成長期」で、コカ・コーラの値段は毎年十円ずつ上がったし、電車やバスの運賃、郵便料金も何回か値上がりした。

「あの頃はそれでもお給料が上がったけど、これからは収入が物価に追いつけないと思うんです。そうしたら……」

二三はムンクの『叫び』のように、両手を頰《ほお》に押し当てた。

「もうランチ七百円は無理！」

梓と三原は同情を込めて二三を見た。

「大丈夫よ、ふみちゃん。お客さんのマインドだって、物価高に馴《な》れてくるわ。そしたら、値上げしても理解してくれるわよ」

「ロンドンやニューヨークじゃラーメン一杯三千円するって、みんな知ってます。それを考えたら、二十年近く値上げしないでいたことが、むしろ奇跡だって分るはずだよ」

二三は首を振った。

「お二人はそう言ってくださるけど、普通のお客さんはもっとシビアですよ。『失われた三十年』の間に、日本人の心には値上げを忌《い》み嫌う気持ちが刷り込まれてるんです。これはそう簡単には変わりませんよ」

二三は一消費者として実感していた。買い出しに行くたびに値段をチェックして、少しでも上がろうものなら、ほとんど敵意を感じたではないか。

三原はそれを察したかのように、穏やかに微笑んだ。

「でも、景気は確実に上向いてるよ。今、東京都のパート・アルバイトの最低時給は千百円台でしょう」

梓がパッと顔を上げた。

「この前、マルエツのパート募集の貼《は》り紙に、時給千四百円って書いてあったわ。いくつかのお店を掛け持ちするみたいな職種だったけど」

三原は我が意を得たりとばかりに大きく頷いた。

「賃金はパート・アルバイトの時給、正社員のボーナス、正社員の給料の順で上がっていくんです。これから少しずつ、賃金が上がるのを感じるにつれて、物の値段が上がることに対する拒否感も、薄れていくと思うんだけど」

一子が締めくくるように口を開いた。

「ふみちゃん、背に腹は代えられないわよ。物価が上がるなら、うちも値上げしないとやっていけないもの」

きっぱりした口調だが、明るく柔らかな声音だった。

「でも、うちがこれまで必死に努力して、安くて美味《おい》しい食事をお出ししてきたことは、お客さんもご存じよ。そこを分ってくれるお客さんを大事にして、やっていくしかないわ」

「そうね」

一子の言葉は二三の心にすとんと落ちて、素直に同意することができた。

「じたばたしたってしょうがないよね」

「そう、そう。ケ・セラ・セラ、よ」

いつの間にか、二三の気持ちは切り替わっていた。一子には国民年金があり、二三には国民年金の他に大東《だいとう》デパートで働いていた時代の厚生年金がある。最悪、はじめ食堂が赤字で閉店することになっても、二人で食べていくくらいはできるだろう。そう思うと、あの懐かしいメロディーが耳の奥に流れた。

ケ・セラ・セラ……なるようになるわ。


「こんにちは」

その日の夕方、店を開けると一番に入ってきたのは、辰浪康平《たつなみこうへい》と菊川瑠美《きくかわるみ》のカップルだった。

「ちっとも秋らしくないわねえ」

カウンターに並んで腰かけると、瑠美が挨拶《あいさつ》代わりのように口にした。

「十月までは涼しくならないいんじゃないですか」

おしぼりとお通しを運んで、皐が言った。お通しはランチの有料小鉢、里芋と豚コマとコンニャクの煮物だ。

「毎年のことだから、いやになるわ」

瑠美はおしぼりで顔を拭《ふ》いている康平を見て「今日は何が良い？」と尋ねた。

「柳田《やなぎた》酒造の『駒《こま》』のソーダ割は？　麦焼酎《むぎじょうちゅう》なんだけど、ソーダで割るとレモンサワーみたいになる」

「面白いわね。それにするわ」

康平は二三の方に首を伸ばした。

「おばちゃん、レモンの輪切りと、もしあったらハチミツ小匙《こさじ》一杯入れてくれる？」

「はい」

駒を勧められた時「これのソーダ割に、レモンとハチミツを入れると、甘すぎない大人の味のレモンサワーになるよ」とアドバイスされたので、ハチミツの小瓶《こびん》も買っておいたのだ。

「イチジクとクレソンのミントサラダください」

瑠美がメニューに視線を走らせて注文した。

「今日はおナスのメニューがいっぱいね」

「団《だん》さんが、そろそろ露地ものの最後だからって、お安くしてくれたんです。それでつい、買いすぎちゃって」

瑠美は康平にも見えるようにメニューを動かした。

「冷やしナスのゴマソースがけって美味しそう。それと、はさみ揚げはどう?」

「良いね。泡には揚げ物だよ」

「じゃあ、この鶏の柚子《ゆず》胡椒《こしょう》唐揚げもいってみる?」

「いく、いく」

二人は運ばれてきた駒のソーダ割で乾杯した。

「ホント、大人のレモンサワー」

瑠美は一口飲んで呟き、二口、三口と続けて飲んだ。

康平はグラスを置いてから、もう一度メニューを手に取った。

「シメ、どうする？」

瑠美もメニューを覗《のぞ》き込んだ。

「冷たいうどんが美味しそう」

「ぶっかけね。豚しゃぶピリ辛か、めかぶとろろか……」

「めかぶとろろにしない？　私大好きなの」

皐は厨房《ちゅうぼう》でサラダを作り始めた。甘味の強いイチジクとほろ苦いクレソンは、互いを引き立て合って相性が良い。そこに爽《さわ》やかなミントの葉を散らし、ワインビネガーを使ったドレッシングをかけると、簡単だがとてもおしゃれなサラダになる。

二三は冷やしナスのゴマソースがけを用意した。レンチンして冷やしたナスに、練りゴマとすりゴマを混ぜたソースをかけ、茗荷《みょうが》と大葉の千切りをトッピングする。ソースを作り置きしておけば、あっという間に完成だ。

「お待たせしました」

二品の料理を同時に出すと、二人は早速箸を伸ばした。

「おいしい。それにどっちもこのサワーに合うわ」

瑠美は料理の後をサワーで追いかけて、嬉《うれ》しそうに康平を見た。

「さすが、康平さん。お目が高いわ」

「それほどでも」

康平はわざとらしくそっくり返ってから、思い出したように尋ねた。

「そう言えば大学の講義の話、どうなった？」

「来月の五日に決まったわ。土曜日だから、お客さんも都合が良いんじゃないかって」

二三は思わず手を止めた。

「先生、大学で講義なさるんですか？」

「ええ。講義と言っても、いつもの講演とほとんど変わらないけど」

「新小岩《しんこいわ》にある東京聖栄《せいえい》大学って知ってる？」

康平の問いに、二三も一子も皐も首を振った。

「俺の高校の同級生、そこを卒業して管理栄養士になったんだ。今、給食センターで主任やってる」

東京聖栄大学は聖徳《せいとく》栄養短期大学を母体として平成十七年に開学し、食品と栄養に関する専門教育を行っている。

「そこの先生が私の本を何冊か読んでくださって、自分の受け持ちの学生たちに家庭料理の話をしてくれないかって、お手紙をくださったの。うちの教室の生徒さんはみんな社会人だから、私、学生さんの前で話したことないのね。それで、喜んでお引き受けしますってお返事したの」

すると康平が、嬉しそうに付け加えた。

「最初は学生対象のはずだったんだけど、瑠美さんが来るって告知出したら、学生さんのお母さんたちも『私も聞きたい』って学校側に要望して、急遽《きゅうきょ》会場が教室から講堂になったんだ」

さもありなんと、二三は思う。瑠美の料理教室は生徒希望者が二年待ち、出版社主催の講演もチケットがすぐに完売する人気ぶりなのだ。

「どんなお話をなさるんですか？」

「これまでとあまり変わらないわね。家庭料理についてだから」

瑠美はサワーを一口飲んで、遠くを見る目になった。

「ただ、食品と栄養の専門家になる人たちだから、日本という国に生まれた幸運を考えてくださいって、それだけは言いたいわ」

四季が訪れ、水がきれいで、山海の幸に恵まれ……と挙げてから、瑠美は続けた。

「家庭料理が豊かで、毎日違ったものが食べられるなんて、考えてみたらとても贅沢《ぜいたく》よね。私、日本で生まれ育たなかったら、料理研究家という仕事には就けなかったと思うわ」

「そう言えば、先生、前に仰いましたね。日本料理が優れているのは、ご飯・味噌汁・おかずの三角形で食事が構成されてることだって。おかずのポジションに入れちゃえば、ハンバーグも鶏の唐揚げも豚の生姜《しょうが》焼きも、全部日本食になるって」

瑠美は嬉しそうに大きく頷いた。

「そう、そう。それも話そうと思ってる。あと、土井善晴《どいよしはる》先生の『一汁一菜でよいという提案』の話も」

「毎日ご馳走《ちそう》を作る必要はない。日常の食事はご飯と具沢山の味噌汁、漬物で充分だ」と提言し、世の女性たちを《インスタ映《ば》えする料理》の呪縛から解放してくれた名著だ。

「面白そうな講演ですね。私も聞きたくなっちゃった」

土曜日ならランチはお休みなので、時間はある。

「良かったら、是非いらしてください。大学は新小岩駅の北口を出て、すぐだから」

二三はちらりと一子を見た。

「お姑《かあ》さん、一緒に行かない？」

「そうね。あたし、亀戸天神《かめいどてんじん》には行ったことあるんだけど、新小岩にはまだ行ったことないわ。ふみちゃんは？」

二三の実家は亀戸にあった。ＪＲ総武線で新小岩とは二つしか離れていない。

「私も、ない。『寅《とら》さん』をやっている頃、柴又《しばまた》には行ったけど。亀戸の住人は出かけるとなると、どうしても錦糸町《きんしちょう》なのよね」

錦糸町は亀戸の隣で、昔から隅田川《すみだがわ》の東で一番の繁華街だった。

「私も昨日、下見で大学にお邪魔したのが、新小岩初体験。下町っぽくてすごく良かったわ。南口に長いアーケード商店街があって、すごくにぎやかなの。最近はシャッター街が増えてるけど、閉まってるお店が全然なくて、驚いたわ」

二三はひき肉を挟んだナスに軽く片栗粉《かたくりこ》を振り、油鍋《あぶらなべ》に投入した。ナスのはさみ揚げは、ご飯のおかずにも良いし、ビールやサワーなど泡系の酒とは抜群に合う。辛子《からし》醤油がお勧めだが、塩胡椒でも、ソースでもイケる。

「熱いから気を付けてね」

湯気の立つナスを皿に盛り、カウンターに置いた。

康平が右手で箸を握り、左手の指を二本立てた。

「サワー、お代わり」

皐は鶏の柚子胡椒唐揚げの準備に入っていた。鶏肉に柚子胡椒と酒、ゴマ油、砂糖少々をまぶして十五分ほど置き、下味がついたら衣をつけて揚げる。最初に薄く小麦粉をはたいてから片栗粉をまぶし、二度揚げするのが、からりと揚げるコツだ。柚子胡椒の塩気と優しい柚子の香りで、いくらでも食べられる。

下味をつけている間に、皐は長ネギを切って白髪《しらが》ネギを作った。これに柚子胡椒を振って唐揚げに添えると「追い柚子胡椒」になり、さっぱり度が増す。

康平と瑠美が三杯目のサワーを注文した時、新しいお客さんが入ってきた。桃田《ももた》はなと訪問医の山下智《やましたさとる》だった。

「いらっしゃい。先生、お久しぶりです」

「どうも、ご無沙汰《ぶさた》してます」

はなが店内を見回した。

「テーブル、良い？」

「どうぞ、お好きなお席に」

二人はテーブル席に差し向かいに座った。皐がおしぼりとお通しを運んで山下に尋ねた。

「先生、今日は夜勤ですか？」

「いや、嬉しいことに非番」

はながにやりと笑った。

「というわけで、さっちゃん、スパークリングワインある？」

「はい。ええと、今日は……」

ちらりと康平を振り返ると、すかさず返事が返ってきた。

「ピンクモスカートとオイスターベイ・スパークリング・キュヴェ・ブリュット。はなちゃんのイメージなら爽やかな炭酸で明るいピンクのピンクモスカート、先生のイメージならオイスターベイ。ニュージーランド最高峰のスパークリングで、牡蠣なんかと相性抜群です」

「ありがとう、康平さん」

はなは康平に向かってぐいと親指を立ててから、山下に向き直った。

「先生、どっちが良い？」

「僕はどっちでも」

「じゃあ、オイスターベイ。ボトルで」

はなはちらりとメニューを見てから言った。ピンクモスカートの方が二千円高い。いつも当然のように山下に奢《おご》らせているように見えて、ある程度は気を遣っているのだ。

「先生、何食べたい？」

山下はイチジクとクレソンのミントサラダを指さした。

「これは絶対ワインに合うと思う」

「あと、根菜のオーブン焼きって良いかも。あ、ナスのはさみ揚げも食べたい。それとこれ、XO醤《エックスオージャン》入りスクランブルエッグ。エスニックっぽい」

「砂肝となめこのアヒージョ？　なめこって味噌汁の具以外で食べたことないなあ」

「変化球の味ですよ。つるんとした食感で、コリコリの砂肝とも相性が良いんです」

スパークリングワインとグラスを運んできた皐が言った。

「じゃあ、これもお願いします。話のタネに食べてみよう」

「シメは、また後で」

はなはメニューをテーブルに戻し、黄金色の発泡酒が注がれるグラスに見入った。

「乾杯」

二人はグラスを合わせ、冷たいスパークリングワインに口をつけた。

「ところで、仕事は順調？」

山下が尋ねた。はなはアパレルメーカーを退社して、自分のブランドを立ち上げたばかりだった。店舗は持たず、スマホとPCを使った通信販売専門だという。

「うん。優秀なシステムエンジニアと知り合えたのがラッキーだった」

はなはグラスを置いて上目遣いに山下を見た。

「先生、試着アプリって知ってる？」

山下は首を振った。

「色んな服を着たモデルの写真が並んでて、その中から試着したい服を選んで自分の画像をアップロードするわけ。そうすると、自分が着たイメージが分る」

山下は感心したように「へええ」と声を漏らした。

「じゃあ、実際に店に行って試着する手間が要らないわけだ」

「そう、そう」

そこへ皐がイチジクとクレソンのミントサラダを運んできた。山下は皐を見上げた。

「皐さんは、実際に試着しないで洋服買ったりする？」

「ものによりますね。パジャマとかトレーナーはネットで買ったりしますけど、外出用の服は、ちゃんと試着してから買います」

　皐は屈託のない口調で付け加えた。

「私は普通の女性より肩幅が広いし、腕も太かったりするから、一度袖《そで》を通してみないと、失敗するかもしれないし」

　皐は宝塚の男役スターのようなすらりとした外見だが、骨格そのものは一般的な女性と違うのだ。

「それと生地の質感とか、着心地とかもあるし……」

「着心地は難しいよね。生地の質感は、画像を拡大すればある程度分るけど……」

　はながため息を洩らすと、山下は何か思いついたような顔でパチンと指を鳴らした。

「はなちゃん、制服作れる？」

「制服？」

「うん。うちの診療所、スタッフも結構多くなったから、制服があった方が良いと思うんだ。男女の看護師とヘルパー用に」

　山下は訪問診療のクリニックを経営している。患者は高齢者、癌《がん》患者、難病患者で、皆在宅で介護と診療を受けている。ケア・マネージャーや看護師、ヘルパーたちの口コミで評判が広がり、今では担当する患者数は千五百人近い。スタッフも増えて、百五十人になったという。

「動きやすいデザインで、明るい色が良いな。ただ、白は汚れが目立つからちょっと」

「え～と、どういうタイプが良い？　例えばＣＡの制服みたいに全身カバーするタイプか、ジャケットやスモックみたいな、上半身だけカバーするタイプか」

山下は腕を組んで眉を寄せ、「う～ん」と唸《うな》ったきり、石像のように固まってしまった。それでなくてもファッションに疎《うと》いから、答えに窮するのも無理はない。

「先生、実際に働いてる皆さんに訊いても良いかな？」

はなの一言に、山下は救われたように腕組みを解いた。

「そうだ、それが良い！」

はなは考えながら言葉を続けた。

「まず皆さんにアンケート取らせてもらって、大まかなイメージを決めたら、それから直接会ってお話を聞いて、細かいところを詰めていく……こんな流れで良いですか？」

「うん。それでお願いします」

山下は何度も頷いて、イチジクとクレソンのミントサラダを頬張った。

「お待たせしました」

皐がＸＯ醤入りスクランブルエッグとアヒージョを運んできた。アヒージョには薄切りのバゲットが添えられている。

「お熱いので、お気を付けて」

「わ、うれしい。香菜《シャンツァイ》たっぷり」

はなはまずスクランブルエッグを皿に取った。

溶き卵に塩・酒・XO醬油で味付けして炒め、卵が半分固まったら香菜を加え、半熟の状態で皿に盛り、さらに香菜をトッピングする。XO醬の旨味《うまみ》の沁《し》みこんだスクランブルエッグは、香菜の香りでエスニック風味を増している。

「今はみんなTKG（卵かけご飯）をもてはやしてるけど、やっぱり神髄はオムレッとスクランブルだよね」

「僕は仕事で地方に行くと、ホテルの朝食バイキングのスクランブルをご飯に載せて、醬油かけて食べるんだ。すごい贅沢なTKGだよ」

山下はアヒージョの砂肝を箸でつまんだ。

「砂肝は分るけど、なめこはどうなんだろう」

「いけるよ、先生。なめこって意外と香りが良いね」

はなはスプーンでなめこをすくって口に入れた。

「アヒージョって、この油が曲者《くせもの》だね。パン、食べすぎてしまう」

山下はバゲットにたっぷりと油を吸わせながら言った。

二三はオーブンの天板にクッキングシートを敷き、根菜類を並べた。レンコン、ニンジン、ゴボウ、里芋。香り付けにつぶしたニンニクとローズマリーの枝。オリーブオイルを回しかけ、塩を振って二百度のオーブンで十五分。香りを生かすために、すべて皮付きのままだ。

料理とは言えないほど簡単な料理だが、秋に旬《しゅん》を迎える根菜類の風味をシンプルに味わえる。オリーブオイルでコーティングすることで中の水分を閉じ込めると、旨味が凝縮されるので、ただ焼いただけとは一味も二味も違ってくる。

カウンターの康平と瑠美は、そろそろすべての皿が空になりかけていた。

「シメのうどん、出しましょうか？」

「お願いします」

めかぶの旬は二月から五月だが、その頃採《と》れたものを湯通しして冷凍した品を買ってきた。茶色いめかぶは湯通しすると鮮やかな緑色になる。おろしたとろろは白。そこに赤い梅肉をトッピングして、赤・白・緑の見た目も美しいぶっかけうどんが完成する。

「ねばねば系はヘルシーだよね」

康平はうどんと具材をかき混ぜながら言った。

「最近はダイエット効果もあるって言われてるわ。食物繊維のペクチンが豊富だから」

「でも、美味いから食いすぎるよなあ」

「そうそう。カロリー半分って言われると、お代わりしたくなるのが人情よ」

二人は揃《そろ》って威勢の良い音を立てて、うどんを啜った。その音に誘われるように、はながカウンターを見た。

「先生、私たちもシメはぶっかけうどんにしない？」

「うん。僕は……豚しゃぶピリ辛にしようかな」

「私、めかぶとろろ」

はなはメニューをテーブルに戻し、急に話題を変えた。

「先生、シルバーウィークはまた夜勤？」

山下は苦笑して首を振った。

「珍しく、代診の先生がいてね。里帰りしてくる。実は、姪《めい》の結婚式なんだ」

「おめでとうございます。え〜と、先生は北海道だっけ？」

「札幌《さっぽろ》」

「もしかして、日帰り？」

「まさか。二泊三日で、少し余裕あり。久しぶりに同級生にも会いたいし」

山下は懐かしそうな目になった。

「家の近所に本屋さんがあって、子供の頃の僕の一番お気に入りの場所だった。おじさんはもう引退してるだろうけど、うちの兄と同い年の娘さんがいて、その人が店を引き継いだって聞いた」

「そう言えば、町の本屋さん、少なくなったよね」

山下は残念そうに頷いた。

「東京はそれでも大型書店がいっぱいあるけど、僕の育った小さな町では、本屋さんがなくなったら代わりがないんだ。図書館もないし、ちょっと前までコンビニもなかった」

「札幌に、そんなとこあるの？」

「札幌だって色々だよ。東京にも檜原村《ひのはら》があるじゃない」

はなは檜原村を知らないらしく、戸惑って目を泳がせた。

「田舎の定義に完全に当てはまる場所って、一時評判になったところ。大村崑《おおむらこん》のオロナミンCの広告があるとか」

はなはますます話が分らなくなったが、山下は思い出にどっぷりと浸り込み、構わず話を続けた。

「本屋の隣にお爺《じい》さんがやってるパン屋があってね。そこのカレーパンがすごく美味かった。冷めても美味いけど、揚げたての熱々は、最高だった。上原《うえはら》書房で本を買って、隣のいずも屋でカレーパンを買って、本屋の隅の椅子に座って食べながら本を読む時間が、子供時代の一番楽しい思い出だった。頭の中に物語に出てくる世界が広がって、口の中にはカレーパンの味が広がる……大人になってから、至福の時間っていうのは、まさにあれだと思ったよ」

はなはほんの少し余裕のある表情になった。

「先生、里帰り、楽しみだね」

「うん」

「どのくらい帰ってないの？」

「もう十年になるかな」

二三は厨房ではなと山下の会話を漏れ聞きながら、山下と知り合ってから五年が経《た》ち、色々とお世話にもなったのに、プライベートに関して何も知らないことに気がついた。確かに、優秀で誠実な医師であること以外さして重要ではないが、どんな家庭で育ち、どんな少年時代を送ったのか、その片鱗《へんりん》さえも窺《うかが》えないことを、少し奇妙に感じたのだった。


その夜、九時過ぎに帰宅した要《かなめ》は、ショルダーバッグを空いている椅子に置くと、まずは冷蔵庫から缶ビールを取り出した。

「要、私たちめかぶとろろうどんを食べるけど、あんたはどうする？」

「ああ、夜に糖質は避けたいとこなんだけど、やっぱり食べる。ハーフサイズでお願いします」

要はイチジクとクレソンのミントサラダとXO醬入りスクランブルエッグを皿に取り分けた。

「そう言えば山下先生の連載、評判はどう？」

山下は要の勤める西方《さいほう》出版の週刊誌「ウィークリー・アイズ」でコラムを連載している。

「良いよ。読者が五十代以上の人が多いから、親の介護とか在宅医療とか、ダイレクトに響くのよね。ニュース番組から取材の申し込みがきたって、丹後《たんご》が言ってた」

丹後千景《ちかげ》は要の同期の編集者で、山下の担当だった。

「先生、シルバーウィークに姪御さんの結婚式で、北海道にお帰りになるんですって」

二三はそのやり取りを思い出しながら、山下の少年時代の話をした。

「その本屋さん、やばいかもしれない」

要は顔を曇らせた。

「今、一日一軒のペースで、本屋さんがなくなってるのよ」

「まあ」

確かに書店が少なくなったとは思ったが、まさかそこまでとは思わなかった。

「地方は老舗の書店さんでも、経営が立ち行かなくなって、取次に身売りが相次いでる。そんな小さな町の店は、厳しいと思うよ」

「先生、楽しみにしてたのにねえ」

二三は本屋とカレーパンの思い出を話していた山下の、半ばうっとりとした表情を思い出した。思い出の本屋がなくなっていたら、どんなにがっかりするだろう。想像すると、気の毒でならなかった。

水曜日のランチタイムが終わり、賄《まかな》いに入る時間に合わせて、赤目《あかめ》万里《ばんり》がはじめ食堂を訪れた。

「あら、いらっしゃい」

その後ろから入ってきたのは桃田はなだった。肩には大型のトートバッグを下げている。

「電話したら、万里が今日来るっていうから、付いてきちゃった」

毎週水曜日は修業している和食店「八雲《やくも》」の定休日なので、はじめ食堂の賄いに顔を出すことが多い。以前は水曜日以外にも来ていたのだが、今は八雲の主人と一緒に豊洲《とよす》に買い出しに行くようになり、帰りに二人でお昼を食べているのだった。

「お客さんは多い方が歓迎よ。どうぞ、座って」

二三と皐は四人掛けのテーブル席をくっつけた。

今日のメニューは日替わり定食が肉野菜炒めと豆腐ハンバーグ、焼き魚が文化サバ、煮魚が赤魚、ワンコインが牛丼《ぎゅうどん》。小鉢はラタトゥイユと、有料でシラスおろし。味噌汁は冬瓜《とうがん》と茗荷、漬物はナスとキュウリの糠漬けだった。

「万里、魚、食べられるの？」

万里が自分の皿に文化サバと赤魚を少し取り分けたのを見て、はなが目を丸くした。

「一応火を通してあれば。刺身はちょっとハードル高いけど」

そして恨めしそうにシラスおろしを見た。

「尾頭《おかしら》付きもだめ。目が合うと、怖い」

からかうかと思いきや、はなは神妙な顔で言った。

「えらいよ、万里。食べ物の苦手を克服するって、英語や数学の成績上げるのとわけが違う。生理的なことだもん。ホント、えらいよ」

「ガチで褒められると、照れる」

万里は嬉しそうに小鼻をかいた。

「はなちゃんの言う通りだわ」

一子がしみじみとした口調で言った。

「八雲さんに行かなかったら、無理して魚を食べなくても良かったんだもの。和食を極めたいって思う、気持ちの表れね」

「三原さんのお宅でお寿司《すし》握ってる万里君、すごいカッコよかった」

皐の言葉に、はなは再び目を丸くした。

「万里、寿司握ったの？」

「そうなのよ。三原さんのマンションのホームパーティーで。握る姿も出来栄えも、堂に入ってたわ」

「残念。見たかった」

万里はにやりと笑った。

「いつか、はじめ食堂で寿司ざんまいやることがあったら、そん時ははなも来いよ」

「うん。絶対、行く」

花火大会の日の思い出話で盛り上がり、にぎやかに食事は進んだ。みんなが食べ終えた頃、はなが咳払《せきばら》いをした。

「実は、山下先生のクリニックのスタッフさんの制服、いくつかデザイン描《か》いてみたんだけど、ちょっと見てほしくて」

はなはトートバッグからクリアファイルを取り出した。中にはデザイン画を描いた紙が入っていた。それを抜き出して、一枚ずつ手渡した。全部で六枚あった。

「看護師さん用とヘルパーさん用。どっちも男女兼用」

いずれも襟《えり》のない半袖の上着とパンツがセットになっていて、ミッドナイトブルー以外は濃い目のピンク、スカイブルー、ミントグリーン、オレンジ、イエローと、鮮やかな色合いだった。そして基本スタイルは同じなのに、襟・袖口・裾《すそ》のカット、ポケットの形と位置の違いで、見た目の雰囲気はけっこう違っていた。

「今の看護師さんは、こういう制服なの」

長らく病院に行っていない一子は、看護師の制服が白衣でもスカートでもないことに驚いた。そんな反応は想定内だったようで、はなはさらりと答えた。

「パンツスタイルの方が働きやすいから。ＣＡの制服をパンツスタイルにしてる航空会社もあるよ」

二三たちは次々にデザイン画を見ていった。

「同じクリニックで統一感がないと困るから、色は二色に決めてもらうつもり。あと、もしご要望があれば、夏用は通気性の良い生地で別に作るとか」

「これは、もう皆さんに見てもらったの？」

「まだ、これから。コピーしてクリニックで配って、人気投票で決めてもらうつもり。候補が決まったら、スタッフの皆さんのご意見を聞く。デザインの修正が必要になるかもしれないし」

二三はデザイン画をはなに返して言った。

「皆さん、選ぶのに困るでしょうね」

「不思議なもんで、一番人気、二番人気はすんなり決まるのよ」

はなはデザイン画をクリアファイルにしまった。

「先生、喜んでくれると良いな」

「喜ぶわよ、絶対」

はなは小さく微笑んだ。いつものように強気な自信ではなく、はにかんだような気弱さの覗く笑顔だった。

シルバーウィークが終わったある日の夜だった。

早い時間からお客さんが入って一度満席になったが、引けるのも早く、八時前にはカウンターの康平と瑠美、山手《やまて》政夫《まさお》を除いて、ほとんどのお客さんが席を立った。

ほぼ貸し切り状態となったその時、入口の戸が開いて桃田はな、そして山下智が入ってきた。

「いらっしゃいませ。どうぞ、テーブルの方へ」

はなは山下と差し向かいでテーブル席に着き、二三に向かって片手拝みした。

「ごめん、先生、今日夜勤だから」

「はい、心得ました。はなちゃんは？」

「私はスパークリングワイン、グラスで」

皐がおしぼりとお通しの卵豆腐を運んだ。

「制服の件、どうなりました？」

「うん。決まった」

山下に代わってはなが答えた。

「もめなくて、良かったよね？」

「うん。みんな気に入ってるみたいだ」

「それは、おめでとうございます。はなちゃん、良かったね」

はなはガッツポーズをしてみせたが、心なしか山下は沈んでいるように見えた。

「先生、お食事はどうなさいます？」

二三がカウンター越しに首を伸ばした。

「そうだなあ……」

「さっぱりで行きますか、がっつりで行きますか？」

山下は胃の辺りを押さえて思案顔になった。自分の腹の状態も把握できないのだろうか。

「定番の定食はトンカツ、海老フライ、鶏唐揚げ。今日のぶっかけうどんはくずし豆腐のゴマ味噌ぶっかけと、牛肉と黄身とろろぶっかけです」

山下は何を選んでよいのか分らないようで、目を泳がせた。

「お魚はサバの幽庵《ゆうあん》焼きがお勧めです。ノルウェー産の良いサバですよ」

「幽庵焼きって何ですか？」

「簡単に言うと、ぽん酢に漬けて焼くんです。今日は柚子胡椒も混ぜて、柚子の香りとピリ辛味をプラスしました」

山下がごくんと喉《のど》を鳴らした。

「それにします。あと、くずし豆腐のゴマ味噌ぶっかけも、ハーフサイズで」

はながクスリと笑った。

「おばさん、私も同じものください」

「はい。はなちゃん、ご飯セットはどうする？」

「やめとく。その代わり、ぶっかけうどんフルサイズで」

「はい。幽庵焼きができるまで三十分くらいかかるけど、ぶっかけうどん、先に食べる？」

はなはちらりと山下を見て答えた。

「うん、できたもん順で」

山下は今日は夜勤だという。それなら、緊急で呼び出しがかかるかも知れず、ご飯は食べられるときに食べておかなくてはならない。

二三はサバに軽く塩を振った。しばらく置いたら洗って水気を拭き取り、皮に切れ目を入れる。それをポン酢に柚子胡椒を溶いたタレに十五分ほど漬ける。あとは魚焼きのグリルでこんがり焼けば、脂の乗ったサバの幽庵焼きの出来上がりだ。

皐はキュウリを薄切りにして、塩で軽く揉《も》んで絞った。続いて茗荷も薄切りにした。すり鉢を出して白煎りゴマをすり、味噌を加えてよくすり合わせてから、麺つゆを冷水で薄めた汁を注ぎ、混ぜ合わせた。

冷凍うどんを茹《ゆ》でて冷水で洗い、器に盛ったゴマ味噌味のつゆをかけ、一口大にくずした豆腐、キュウリ、茗荷をトッピングして出来上がり。ゴマ味噌つゆは無敵の美味しさで、食欲を刺激する。

山下とはなは盛大にうどんを啜り込んだ。

「美味い。ここの名物の冷や汁素麺《そうめん》に似てる」

「ホントだ」

「汁に焼きアジか焼きサバをプラスすれば、ちょうど冷や汁ですよ」

カウンターの端に腰を下ろした一子が言った。

「ああ、来年の夏、また食べたい」

「そう言っていただけると、作り甲斐《がい》がありますよ。世の中、新しいものに目が行きがちですからね」

「大戸屋《おおとや》の季節メニューになったくらいだから、人気あると思いますよ」

ハーフサイズを注文した山下は、あっという間に完食してしまった。

「そう言えば先生、姪御さんのご結婚、おめでとうございます」

「ありがとうございます」

頭を下げた山下に、はなが尋ねた。

「姪御さんっていくつ？」

「二十三」

「わかっ！」

一子は苦笑を漏らした。

「この頃の方はみんな晩婚だから。私の若い頃は、二十三歳で結婚する女の人は珍しくなかったけど」

「私の友達も、結婚してる人、少ないな。姪御さん、ラッキーだったね。今は結婚する人、どんどん少なくなってるんだって」

それから思い出すように宙を睨《にら》んだ。

「万里もここの要さんも独身だし。よく考えたら、先生だって奥さんいないよね？」

「うん。モテなくて」

山下は情けなさそうに肩をすぼめた。

「はなちゃん、先生は結婚しないだけで、できないわけじゃないから」

皐が睨む真似《まね》をしたが、はなは「そうかなあ」と首をかしげた。

「お待たせしました」

二三がサバの幽庵焼きをテーブルに運んできた。皐は山下にはご飯と漬物を、はなにはスパークリングワインのお代わりを運んだ。

「僕、幽庵焼きって食べるの、初めて」

「私も」

幽庵焼きは柑橘類《かんきつるい》の酸味が爽やかで、脂の乗った魚がさっぱりと食べられる。漬け汁に混ぜた柚子胡椒の香りとピリ辛風味の相乗効果で、箸が止まらなくなりそうだ。大根おろしにも柚子胡椒を載せてあって、「追い柚子胡椒」状態だ。

「これ、お酒にも合うね」

はなは幽庵焼きを食べてはグラスを傾けた。

「ああ、ごちそうさま」

はなと山下は同時に箸を置いた。

「先生、そろそろホントのことを言って」

いきなり、はなが真剣な顔で山下を睨んだ。

「ホントのことって……」

「北海道から帰って来てから、先生、おかしいよ。姫御さんはめでたく結婚したし、制服もすんなり決まったし、良いこと続いてるのに、ちっとも嬉しそうじゃない。毎日暗い顔してる。いったい、何があったの」

まっすぐに見つめられて、山下は視線を逸《そ》らしたが、やがて小さくため息を漏らしてはなに向き直った。

「個人的なことでね。他人《ひと》に言っても始まらないと思って」

「そんなの、分んないよ。言っただけで気分がすっきりすることだってあるじゃない」

山下ははなからカウンターの端の一子に視線を移した。一子は何も言わず、穏やかな目で山下を見ていた。すると山下は、胸のつかえがとれるような、不思議な感覚を味わった。

「十年ぶりに故郷に帰ったら、本屋さんがなくなってたんだ。隣にあったパン屋さんは、僕が東京へ行く年に廃業したけど、上原書房は続いていると思っていたのに」

山下は札幌の外れの小さな町で生まれた。図書館も古本屋もなく、家の近くにあった「上原書房」が、近隣でただ一軒の新刊書店だった。

「僕の父親は生活破綻《はたん》者だった。具体的に言うと、女性関係にだらしなくて、金銭感覚がおかしかった。母親が公務員だったから、何とか家計を支えることができたけど」

両親は喧嘩《けんか》が絶えなかった。喧嘩というより、母が激昂《げきこう》して父を責め、父はカエルの面にションベンのごとく、のらりくらりとかわしていた。

「僕は家にいるのが嫌で、上原書房に入り浸っていた。店主の上原さんは良い人で、長居する僕に、よく本の話をしてくれた」

上原敏久《としひさ》は沖縄出身だった。沖縄の人が北海道で書店を営むまでには様々な物語が想像できるが、本人はその間の事情を語らなかった。

「上原さんがよく話していたのは、球陽堂《きゆうようどう》書房という本屋さんのことだった」

球陽堂書房は元は貸本屋だったが、戦争中は戦火を逃れて山に本を疎開させ、戦後、昭和二十一年に那覇《なは》市で新刊書店を開業した。

「昭和二十一年の那覇は、一面焼け野原だった。艦砲射撃で山の形が変わるほどの激戦だったから。それなのに、そんな中で本を読みたいと思う人がいて、本屋を開く人がいた。

その知的好奇心が日本の宝だって、上原さんは誇りにしていた」

　山下が高校に入った年に、父は女と出奔《しゅっぽん》し、行方をくらました。母は直後に脳梗塞《のうこうそく》を発症し、救急搬送された。一命はとりとめたが、後遺症が残った。

「僕はすべて十歳年上の兄に丸投げして、奨学金をもらって東京の大学へ進学した。在学中はキャバクラのスカウトのバイトで、年収一千五百万以上稼いでいて……」

　その時はじめ食堂に居合わせた人々は全員「ええっ！」と思ったが、ビックリしすぎて口を挟むタイミングを失った。

「毎月家に送金したけど、金を送れば済むって問題じゃない。僕は母からも実家からも故郷からも、逃げ続けた」

　山下は深々とため息をついた。

「でも、僕の心にはいつも上原書房があった。故郷に帰ればまた昔のように僕を迎えてくれると、何の根拠もなく思い続けていた」

　上原には山下の兄と同い年の遥《はるか》という娘がいた。遥は高校卒業後、会社勤めをしながら書店を手伝っていた。山下は遥が上原書房を引き継いでいると聞いていた。

「でも六年前、上原さんに認知症の症状が出て介護施設に入所した。それから遥さんは店を閉めて、どこかへ引っ越してしまった」

　兄からその話を聞かされ、山下は胸にこみあげる忸怩《じくじ》たる思いをかみしめた。自分に何かできることはなかったのだろうか、と。

「子供時代の楽しい思い出が消えてしまったような気がして、なんとも言えない気持ちになった。僕は上原書房といずも屋のカレーパンのお陰で、ずいぶん幸せな時間をもらったのに、何一つ返せないまま、今日まで来てしまった」

二三は山下のやるせない気持ちがよく分った。しかし、どんな言葉をかければ良いのか分らなかった。「こういうご時世ですから」としか言いようがない。要に聞いた話では、日本では一日に一軒、書店が消えているという……。

「先生が本屋さんを始めれば良いじゃない」

凛《りん》と透き通った声で、はなが言った。

「今の先生ならできるよ」

山下は唖然《あぜん》として、口を半開きにしたままはなを見返した。

「先生の新しい診療所、一階を地域の人たちが共有できるスペースにしたいって言ってたじゃない。そこに本屋さんを開けば良いのよ。隣をパン屋さんにして、カレーパンを売れば良いじゃない」

山下がごくんと喉を鳴らして、大きく頷いた。すべて呑《の》み込んで腑《ふ》に落ちた、という顔だった。

「そうだ。……それが良いかもしれない」

はながにっこり笑って山下を見た。

「本屋さんは、良いと思うよ。子供からお年寄りまで、男女を問わず、誰でも利用できる施設でしょ。先生の診療所に出かける人たちも、本屋さんがあったらきっと喜ぶよ」

山下は急に生き生きとした表情になった。

「……その通り。本屋なら老若男女、誰でも入れる」

二三は老婆心《ろうばしん》ながら訊いてみた。

「あのう、先生が本屋さんの経営もなさるんですか？」

「いえ、僕には無理です。まったくの素人《しろうと》なんで。ただ、誰かに運営を任せる形で、オーナーとして関《かか》われたら」

瑠美が遠慮がちにカウンターから声をかけた。

「前に新聞で、作家の今村翔吾《いまむらしょうご》さんが、書店の経営を引き継いだっていう記事を読みました。多分、実際の運営は別の人に任せてるはずです」

山下は瑠美に「ありがとうございます」と一礼して、はなに向き直った。

「具体的にはまだ何も思いつかないけど、本屋を開くって目標ができた。これから少しずつ、形にしていくよ」

「どうせなら、カレーパンも復活させようよ」

はなは空になったグラスを掲げた。

「ああ、夜勤でなかったら、祝杯挙げるんだけどな」

山下の表情からは洗い流したように屈託が消えていた。

二三は人の心の複雑さ、厄介《やっかい》さを思い、同時に回復してゆく心のたくましさを頼もしく思うのだった。

第五話
幸せのカツサンド

「コロッケカレー！」

「俺《おれ》もコロッケカレーね！」

「九月も後わりに近づいたある日のランチタイム、はじめ食堂には聞き馴《な》れぬメニューを注文する声が続いた。

「さっちゃん、コロッケカレーって、コロッケは二個載ってるの？」

四人で来店したご常連のワカイのＯＬが皐《さつき》に尋ねた。

「はい。コロッケ定食のコロッケ二個を、カレーライスにトッピングしてあります」

「じゃ、私、それね。小鉢プラスの定食で」

「私も、それにする」

一人が注文すると、つられたように他の三人もそれに倣った。

「コロッケカレーって、初メニューよね」

「はい。今朝、急遽《きゅうきょ》思いついたメニューなんですよ」

そう答えると、皐はよく通る声で厨房に注文を通した。カウンターの中の二三《ふみ》と目が合い、皐は軽くウインクした。二三はぐいと親指を立て、「やったね！」と心で告げた。

今日のはじめ食堂のランチは、日替わりがコロッケと中華風オムレツ、焼き魚が赤魚の粕漬《かすづ》け、煮魚がカジキマグロ。ワンコインがカレー単品と親子丼《どん》。小鉢は切り干し大根、五十円プラスで里芋と豚コマとコンニャクの煮物。味噌汁《みそしる》は豆腐と椎茸《しいたけ》、漬物は一子《いちこ》手製のカブの糠漬《ぬかづ》け（葉付き）。

これにドレッシング三種類かけ放題のサラダがついて、ご飯と味噌汁はお代わり自由。それで一人前七百円とは、現代の奇跡と言って良い……と、最近二三は自負している。もっと安い弁当や定食はあるだろうが、手作りにこだわり、季節感を大事にしながら、中央区佃《つくだ》でこの値段は、いくら自宅兼店舗で家族経営とは言え、滅多に実現できるものではない。すべて二三、一子、皐の食堂メンバー三人の努力と工夫のたまものだ。

……さて、近頃《ちかごろ》はじめ食堂のランチには、カツカレーとオムカレーが定番に加わった。薄切りカツもオムレツも調理に時間がかからないので、玉ネギ入りのカレールウさえ用意しておけば、注文を受けてすぐに提供することができる。幸い評判も良く、注文してくれるお客さんも多い。

今日のコロッケ定食のため、二三たちは昨日から仕込みをした。マッシュしたジャガイモと、炒めたひき肉と玉ネギを混ぜて、コロッケのタネだけ作っておくのだ。そうすると朝の作業は、成形と衣づけ、そして注文が入ったら揚げるだけで済む。

昨日、コロッケのタネを作りながら、二三はふと思った。

「コロッケの日限定で、カレーにトッピングしたらダメかしら？」

「コロッケを作ったことのない人は「カツカレーとオムカレーを定番にしてるなら、コロッケカレーも定番でよくない？」と思うだろう。しかし、それはまさに「机上の空論」なのだ。コロッケは家庭料理の中でも、最も調理工程の多い料理だ。「コロッケを制する者は家庭料理を制す」と言って過言ではない。毎日お手軽にできる揚げ物と一緒にしては、コロッケが可哀想《かわいそう》だ。

「良いですね。ここのコロッケをカレーにトッピングしたら、皆さんきっと、病みつきになります」

事情を心得ている皐は、それでもすぐに賛成した。

「ただ、トッピング用は、定食用より少し小さめで良いと思います」

「カレーの上にカレーコロッケ載せて、良いかしらねえ」

一子は賛成しながらも、慎重な意見を述べた。はじめ食堂のコロッケ定食は、プレーンとカレー味の二個付けなのだ。

「取り敢《あ》えず、今日は定食と同じでやってみよう。後でお客さんに訊《き》いて、カレーは味がかぶるってことだったら、次からはプレーンを大目に作っとこう」

というわけで、本日の新メニュー、コロッケカレーがお披露目《ひろめ》されたのだった。

「お待たせしました」

注文したコロッケカレー定食が運ばれてくると、ワカイのOL四人はまずスプーンを手に取った。そして、カレーの上にトッピングされたコロッケの一角を、スプーンで取り崩した。

口に入れると、四人は一斉に目尻《めじり》を下げ、口元を緩めた。

良く炒めた玉ネギの甘さとひき肉の旨味《うまみ》が、マッシュしたジャガイモに沁《し》みこんで、それだけでも十分おかずになる。衣は軽くカリッとして、中身の滑らかさと対照的な食感が心地よい。そこにカレールウが絡むと、足し算が掛け算になるほどのインパクトだ。

「……贅沢《ぜいたく》」

一人がほっとため息をついた。

「コロッケ定食も美味《おい》しいけど、それにカレーがかかると、贅沢感すごいよね」

連れの三人も頷《うなず》いた。しかし、誰《だれ》一人スプーンを止めない。

「ここ、十月から牡蠣《かき》フライやるよね？」

一人が確認するように言った。

「牡蠣フライカレーも、やってくれないかなあ」

「頼んでみよう。ここ、リクエストには大体応《こた》えてくれるから」

ご常連の会話を漏れ聞いて、皐は厨房《ちゅうぼう》の二三に目配せした。二三は合点承知とばかりに、大きく頷いた。

「それじゃ、これからもコロッケの日はカレーもありか」

三原茂之《みはらしげゆき》は箸《はし》でコロッケを割って呟《つぶや》いて、小鉢に入ったカレールウにたっぷりと浸してから口に入れた。たちまち頬《ほお》が緩む。

「贅沢だなあ……」

野田梓《のだあずさ》も同じく、コロッケをカレールウに浸した。

「コロッケで経験すると、今度は牡蠣フライカレーにも興味が出ちゃう」

時刻は一時半を回ったところだ。十一時半から三回にわたって押し寄せてきたお客さんの波もようやく引いて、今、店には三原と梓の二人だけになった。二人とも長年のランチのご常連なので、注文したコロッケ定食に、「お試し用」のカレールウをサービスした。

「牡蠣フライの時も、カレーやることにしたわ。お客さんからリクエストがあって」

「お宅は顧客第一主義よねえ」

梓が感心した顔をすると、二三は小さく首を振った。

「でもね、鶏唐《とりから》のリクエストは断った。あれ、揚げるのに結構時間かかるのよね」

はじめ食堂は最近、鶏の唐揚げ定食も定番にした。それで分ったのは、毎日一定数は、鶏の唐揚げ定食を注文するお客さんがいることだった。

「カレーも鶏の唐揚げも、今や国民食だから」

三原が少し感慨深い顔になった。

かつての人気企画「ヨネスケの『突撃！　隣の晩ごはん』」で、一番多かったのがカレーライス、二番目が鶏の唐揚げだったという。今同じ企画をやれば、また違った結果が出るかもしれない。

「最初、カレーを定番にしようって決めた時は、ＣｏＣｏ壱番屋《いちばんや》の真似《まね》をしないようにしようと思ったんだけど、結局、近づいてきてる」

二三がほうじ茶を注《つ》ぎ足しながら言うと、梓が箸を止めた。

「ＣｏＣｏ壱番屋の狙《ねら》いは当たってるのよ。揚げ物って、カレーのトッピングに向いてるんだと思う」

「揚げ物だけじゃなくて、カレーって、結構何でも合うと思いません？」

洗い上げた食器を拭《ふ》きながら、皐が言った。

「チーズ、茹《ゆ》で卵、ホウレンソウのソテーとか、みんなトッピングの定番になってるし。私、前にネットで、何とかカレーっていう、納豆とキムチ、海苔《のり》、チーズをトッピングしたカレー、見ましたよ」

一子は皐の言うカレーをイメージしようとして、かえってわけが分らなくなった。そんなものを載せたカレーは、果たしてどんな味になるのやら……。

「あたしは昔の人間だから、カレーって、すごく我の強い料理だと思ってるの。でも、そんなに色んな相手と組んで仲良くやっていけるなら、案外包容力があるのかしらねえ」

するとほうじ茶を一口飲んでから三原が言った。

「それはカレーじゃなくて、日本食だから包容力があるんだと思う。カレーがインド料理から日本食になったから、みんなあれこれトッピングするようになったんで、多分インドではそんなことしてないと思うよ」

二三は東京の街で見かける「インド料理店」を思い浮かべた。今や北インドから南インドまで様々な料理店があるが、大抵は「本格派」で「伝統的」なカレーを売りにしている。

「CoCo壱番屋がインドに出店して好調なのは、きっとカレーではなくて、日本料理として受け入れられたからじゃないかな」

二三は大いに共感した。

「そうですねえ。ビーフカレー、作っちゃうんですもんね」

頭の中には子供の頃に流行《はや》った「ヱスビーカレー」のCM、「インド人もびっくり!」がよみがえったのだった。

すると、入口の戸が遠慮がちに開き、女性客が顔を覗《のぞ》かせた。

「あのう、よろしいですか?」

「あら、いらっしゃい！　どうぞ、お好きなお席に」

客は永野《ながの》つばさだった。二三は招き入れるように、空いている席を手で指し示した。

「失礼します」

つばさは二人掛けのテーブル席に腰を下ろした。

「ラストオーダーは二時だから、気にしないでね」

おしぼりとほうじ茶を運んで行った皐が声をかけた。常連さんは会社員が多いので、一時を過ぎるとどんどん帰っていくが、二時までは正規の営業時間内だ。

「ええと……」

つばさはランチメニューを書いた黒板を眺めた。

「メニュー、増えましたね」

つばさは以前月島《つきしま》の会社に勤めていた頃、ランチの常連客だった。まだ万里《ばんり》が主力で厨房を切り回していた時代で、あれからすでに六年も経《た》っている。

「はい。カレーと唐揚げ、定番になりました」

「ワンコインメニューもなかったんじゃないかしら」

つばさは黒板に顔を近づけてじっと見て、注文を決めた。

「オムカレーください。単品で良いですか？」

「はい。大丈夫ですよ」

「良かった。私、オムレツ大好きなの。それと、コロッケも、単品で頼めますか」

「はい。プレーンとカレー味の二個付けですが、よろしいですか」

つばさはにっこり笑顔になった。

「ええ。ここのコロッケ、大好きだったの」

皐はテーブルを離れた。

厨房では一子がコロッケを揚げ始めていた。オムレツは、手が空いている時は皐が作る。皐もすっかりはじめ食堂に馴れたので、料理修業も始めているのだ。

客席に残った二三は、つばさに尋ねた。

「お店の準備は、進んでます？」

「お陰様で」

「開店は来月でしたよね」

「十月五日の土曜日がオープンです」

「それじゃ、あまり時間がありませんね」

はじめ食堂の並びにある「ラーメンちとせ」は、店主の松原千歳《まつばらちとせ》が出産のため、九月いっぱいで休業し、半年間の産休に入る。つばさはその間、店を借りてサンドイッチ店を開く予定だった。

「基本、居抜きなんで、あまり手間はかからないんです。冷蔵ケースは置かせてもらいますけど、内装もそのままだし」

つばさは両手を動かして冷蔵ケースの大きさを示した。

「コーヒーと紅茶は出したいんで、お湯くらいは沸かしますけど、基本的に火を使った調理はしない約束なんです」

千歳の店「ラーメンちとせ」は、元は「鳥千《とりせん》」という焼き鳥屋だった。主人夫婦が高齢で引退する際に、貸店舗にしたいと希望し、テナントで入ったのが千歳だった。しかしそれからすぐ、店で謎の出火が発生した。幸いボヤで消し止められ、出火原因も「伝導過熱火災」という、過去の鳥千の焼き鳥を焼く熱の蓄積によるもので、千歳に責任はないと判明した。

しかし、店から出火したことは千歳のトラウマになったらしい。つばさに店を又貸しする条件として「火を使った調理をしない」を出したのは頷ける。つばさの店が加熱調理を必要としないサンドイッチ店だったことは、千歳にとっては願ってもなかったはずだ。

「カウンターがあるからイートインコーナーを設けて、ご希望のお客さんにはその場で作ってお出ししたいんです。それなら、トースターと電子レンジは置きたいと思って」

「もしかして、これからラーメンちとせに？」

「ええ。あっちの営業が終わったら。ちょっと細かいことの確認で」

ラーメンちとせの営業は十一時から「スープがなくなり次第」閉店で、いつもたいてい二時過ぎには終了する。はじめ食堂で昼食を食べ終わる頃なら、ほどなく店も看板になるだろう。

「お待たせしました」

皐がオムカレーとコロッケを運んできた。つばさはカレーの香りを吸い込み、スプーンを取った。

カレーの上に載った紡錘《ぼうすい》形のオムレツにスプーンで切れ目を入れると、切れ目はたちまち裂けて、まるで緞帳《どんちょう》が下りるように、キツネ色のルウの上に鮮やかな黄色の卵が垂れさがった。

それをスプーンですくって口に入れれば、まろやかな卵の旨味とあっさりした白飯の甘味、カレーのスパイシーな辛みが混ざり合い、口の中に三位一体の美味が広がる。最後は爽《さわ》やかなスパイスの香りが鼻を抜けて、次のひと匙《さじ》へ誘いをかける。

つばさは夢中でスプーンを動かし、ほうじ茶を飲んで息を整えてから、コロッケに挑んだ。昔好きだったはじめ食堂の味が、そっくり口の中でよみがえった。丁寧に作られたその味が、手間暇の結晶であることを、今や自分も料理人となったつばさは、痛いほど感じていた。

「……美味しい。手抜きしてない味ですね」

つばさは誰に言うともなく口にした。一子がカウンターの端から微笑《ほほえ》みかけた。

「ありがとうございます。同業者に褒めていただくと、喜びもひとしおですよ」

つばさはちょっと照れたような顔をしたが、神妙に一礼した。「同業者」と認められたことが、嬉《うれ》しかったのだろう。


営業が終わり、賄《まかな》いを済ませた皐は店を出た。はじめ食堂の元メンバーで、かつての同級生だった赤目《あかめ》万里の好意で、夕方の営業が始まるまでの休憩場所に、自宅を提供してもらっているのだ。昼間のその時間、両親も万里も働きに出ていて家は無人だった。

店を出て通りを見渡すと、ラーメンちとせの前に松原青果のミニバンが駐車していた。千歳の夫の松原団《だん》は身重の妻を心配して、毎日車で送迎していた。

ちなみに団の弟の開《かい》は、永野つばさの婚約者だった。

皐は先に店から出てきた千歳に挨拶《あいさつ》した。

「さっき、つばささんがランチに来てましたよ。終わったらお店に伺うって」

「今、帰ったとこなの。細かい相談してて」

千歳の腹部は臨月近い妊婦としては目立たない方だったが、さすがに厚みを増している。

「電気ポットとコーヒーメーカーと電子レンジとトースターは置いても良いか、とか。私は直《じか》に火が出なければＯＫだから」

「イートインコーナーで使いたいみたいですね」

「サンドイッチもすごく種類が多いんですって。大変よね」

団が店から出てきて、皐に会釈してからシャッターを下ろした。

皐は気になったので訊いてみた。

「ところで身体《からだ》の方は、大丈夫ですか？」

「うん。悪阻《つわり》も早めに終わったし。親孝行な子よ。産まれてきたら褒めてあげるわ」

傍らで、団が少し心配そうに言った。

「無理しないようにって、いつも言ってるんです。しんどかったら、すぐ産休に入ろうって」

「今のところ快調なの。今月いっぱい営業したのは正解だったわ。体力余った状態で休むと、余計なこと考えそうな気がして」

千歳が頼り切った目で団を見ると、団もいたわるような目で千歳を見返した。

「それじゃ、またね」

二人はミニバンに乗って去っていった。

小さくなる車を見送って、皐は一抹の寂しさを感じた。自分にもあのような、愛情と信頼で結ばれた、伴侶《はんりよ》と呼ぶに相応《ふさわ》しい相手が現れるだろうか。もし運よくそういう相手に巡り合えたとしても、その人との子供を授かることはできない。女として生きる人生を選んだ代わりに、子供を得る可能性を手放したのだから。

自分の選択に後悔はない。それでも時々、やるせない思いが胸にこみあげる。それがこれからも続くのか、いつか消え去るものなのか、皐自身にも皆目分らないのだった。


「こんちは」

その日のはじめ食堂の夕方営業に一番乗りしたのは、辰浪康平《たつなみこうへい》だった。いつものようにカウンター席に腰を下ろすと、一言告げた。

「彼女、あとから来るから」

彼女とは言うまでもなく、料理研究家・菊川瑠美《きくかわるみ》のことだ。

「とりあえず生ビール。ええと、小ね」

「おつまみは、先生が来てからにします？」

おしぼりとお通しを運んできた皐が言った。今日のお通しはランチの有料小鉢、里芋と豚コマとコンニャクの煮物だ。

「そうだなあ……」

康平がおしぼりに手を伸ばして首をひねると、カウンターの端に腰を下ろしていた一子が声をかけた。

「今日はコロッケがあるわよ」

「それ、メインで」

長年のご常連さんは皆そうだが、康平もはじめ食堂のコロッケのファンだ。嬉しそうにメニューを手に取った。

「コロッケメインだから、シメはさっぱりしたもんが良いかな」

「稲庭《いなにわ》うどんなんかどう？　うちは稲庭じゃなくて、稲庭《風》だけど」

「つけ汁が二種類あるの。普通のめんつゆと、クルミ味。秋田じゃクルミをすって、めんつゆに溶くんですって。うちはお手軽にピーナッツバターで作るんだけど、なかなかよ」

一子に続いて、二三が言葉を添えた。

「それ、もらうよ。瑠美さんも絶対好きだと思う」

康平は生ビールのジョッキを傾けてから、もう一度メニューに目を落とし、ある料理を指さした。

「この椎茸と生ハムのオーブン焼きって、どのくらい時間かかる？」

「七～八分です」

皐が即答した。

「じゃ、これ一つね。あとは彼女が来てから選ぶから」

「ありがとうございます」

軸を切り落とした生椎茸に粗みじんに切った生ハムと乾燥パセリを詰め、チーズを載せて焼く料理は、ハーブソルトとオリーブオイルを使うので、ワインにぴったりの味わいだ。はじめ食堂では時短を心がけて、余熱したオーブンではなく、オーブントースターを使って焼く。

「今日のランチ、コロッケをトッピングして、コロッケカレーも出したんです。大好評でした」

「そりゃ反則だよ」

康平は大げさに眉《まゆ》を吊《つ》り上げた。

「思えばカツカレーがパンドラの箱だったよな。あれ以来、揚げ物なんでもありになった感じで……俺は好きだけど」

「牡蠣フライカレーもリクエストされたんです。だから来月にはまた新たなカレーが登場します」

「今にＣｏＣｏ壱番屋とタイマン張ってるって思われるよ」

皐は微笑んで厨房に引っ込んだ。

「康ちゃんは何カレーが一番好きなの？」

話の成り行きで一子が尋ねた。

「昔はカツカレーだったけど、今は何でも。シーフードも好きだし、タイのカレーも、インドのホウレンソウカレーも……」

そして感慨深い顔になった。

「ボンカレーって革命だったのかな。レトルトが大流行したの、ボンカレーがきっかけでしょ」

今やスーパーやコンビニに行けば、何種類ものレトルトカレーが棚に並んでいる。

「あたしは戦後に板チョコみたいなカレーが売り出された時も、びっくりしたわ。あれを入れるだけでカレーができるんだもの」

固形のカレールゥの登場によって、それまでも人気のあったカレーが飲食店から家庭に浸透し、国民食になったと言われている。

「私は『琴姫七変化』の大ファンだったから、ボンカレーのCMで松山容子《まつやまようこ》が見られてうれしかったけど……今の人は松山容子を知らないでしょうね。さっちゃん、知ってる?」

二三が訊くと、皐は曖昧《あいまい》な表情を浮かべた。

「直接は知らないですけど、レトロな田舎《いなか》に行くと、ブリキの看板が残ってるって聞きました。大村崑《おおむらこん》のオロナミンCの看板とか」

松山容子と大村崑は、長く「大塚《おおつか》グループの顔」として、ボンカレーとオロナミンCのイメージモデルを務めた。

「さっちゃん、毎日昭和に囲まれて働くって、気苦労だよね」

康平が冗談めかして言うと、皐はきっぱり首を振った。

「私、お祖父《じい》ちゃんとお祖母《ばあ》ちゃんに育てられたから、全然」

皐は中学生の時に両親を交通事故で失い、祖父母に引き取られて育てられた。

「なんだか、祖父母の家に帰ったような気がするんです」

タイマーがゼロを指し、二三はトースターの蓋《ふた》を開けた。チーズがとろけて、良い焼け具合だ。

「熱いので、お気を付けて」

康平の前に厚みのある椎茸が四個並んだ皿が置かれた。

「秋はキノコの旬《しゅん》だよね」

康平は一つを箸でつまむと、ふうふうと息を吹きかけ、火傷《やけど》しないよう慎重に端っこを齧《かじ》った。

旬の椎茸の滋味、生ハムの旨味、チーズの豊潤さ、パセリとハーブの香りが混ざり合い、口の中で花開いた。生ビールで追いかけると、爽やかな風が鼻を吹き抜ける心地がした。

「旨……」

ため息交じりに呟いた時、入口の戸が開いた。

「ごめん、待たせて」

菊川瑠美が入ってきて、康平の隣に腰を下ろした。

「あら、早速美味しそうなものが」

カウンターの皿に目を留めた。

「これ、絶対スパークリングワインが合うよ」

康平は瑠美の方に半身を向けた。

「エスパス・オブ・リマリ・ブリュット・スペシャル。チリのスパークリングワインで、すっきりした辛口で料理を引き立てる。チリ産のスパークリングはフルーティなのが多いんだけど、エスパスは、大人の味かな」

「そんなこと言われたら、飲まずにいられないわ」

康平は皐に向かって指を二本立てた。

「エスパス一本と、グラス二つね」

「はい。今日、康平さんが持ってきてくれたあれですね」

「そう、あれ」

はじめ食堂のアルコール類はすべて康平の辰浪酒店から仕入れているので、品揃《しなぞろ》えは熟知している。

「今日はコロッケがあるんだって」

コロッケとシメの稲庭《風》うどんのことを話すと、予想通り、瑠美は嬉しそうに頷いた。

「どうぞ」

皐がエスパスのボトルとグラス二つを持ってきた。康平は瓶を手に取り、慣れた手つきで栓を抜き、グラスに注いだ。

「乾杯」

グラスを合わせて一口飲んでから、瑠美は椎茸に箸を伸ばした。ほんの少し熱さが取れて、ちょうど食べ頃になった。

「ああ、ホント、合うわ。黄金の組み合わせね」

皐は細身のワインクーラーをカウンターに置いて、瓶を入れた。二重構造になっていて、氷を入れなくても冷たさを保つことができる優れものだ。

「つまみ、どうしようか」

康平がメニューを広げると、瑠美は顔を近づけた。

「ええと、これが生ハムで、メインがコロッケだから、魚介系と野菜が良いかも……」

瑠美はメニューに目を凝らした。

「戻りガツオのタタキと、青梗菜《チンゲンサイ》と湯葉の中華炒め、どうかしら」

「うん、賛成」

康平はカウンター越しに二三に言った。

「おばちゃん、カツオのタタキと青梗菜炒めね」

「はい、了解」

二三は早速調理に取り掛かった。

戻りガツオは魚政《うおまさ》で買ったので、品質は保証付きだ。今日のタタキは水に晒《さら》した玉ネギスライスをたっぷり添え、大葉とおろし生姜《しょうが》を薬味に、ゆずぽんで食べる。刺身というよりサラダ感覚の一品だ。

「そう言えばあそこのラーメン屋さん、今月いっぱいなんでしょ？」

「みたいだね。そうでしょ？」

康平は傍らにいた皐に確認した。

「はい。今日、帰りに千歳さん夫婦に会ったら、そう言ってましたから、確かです」

瑠美は残念そうに肩をすくめた。

「私、試食の時一回食べたきりなの。たまに仕事の合間に時間ができて、店に行ったことあるんだけど、いつも行列してて……」

「俺も喰《く》ったの、あれから二回だけ。スープ無くなり次第閉店だからさ、行列してても『すみませ〜ん。、あと五名様で終了になりま〜す』なんて声がかかったりして」

「行列のできるラーメン屋の宿命みたいなもんね」

康平は椎茸の最後の一切れを口に入れ、エスパスで追いかけた。

「不思議だよね」

康平はしみじみと言った。

「ほんの五年くらい前は、美味《うま》いものは腹いっぱい食べたかったけど、今は『もうちょっと食べたい』くらいで止められるようになった。その方が身体に合ってるっていうか……」

ほんの一瞬、言葉を探して目を宙に彷徨《さまよ》わせた。

「ハッキリ言って年取ったからなんだけど。ただ、それを寂しいとか情けないと思う気持ちもあるけど、新しいステージに踏み出した楽しみもあるんだ。量を喰わなくても楽しめるっていう」

瑠美は共感を込めて、大きく頷いた。

「すごく分る。私も結構大食いだから」

そこへ皐が戻りガツオのタタキの皿を運んできた。白い玉ネギスライスをたっぷりと敷いた上に、赤褐色の戻りガツオが載り、緑色の大葉の千切りと黄色いおろし生姜がトッピングされている。

「それ、上からドレッシングみたいにゆずぽんをかけて召し上がってください」

皐はカウンターにゆずぽんの瓶を置いた。

「こういうとこが好きなんだよな、はじめ食堂は」

康平は瓶の蓋を取り、タタキの上に盛大にゆずぽんをかけた。

脂の乗った戻りガツオが、玉ネギスライスと大葉と生姜、ゆずぽんの爽やかな刺激で、重くなりすぎずにさっぱりと食べられる。

「前は『カツオはやっぱり戻りガツオだよ』って意気がってたけど、今は初ガツオもすごく美味いと思う。こってりとさっぱりの違いだけで、優劣じゃないんだよね」

「そう、そう。江戸時代の人がマグロの赤身を珍重して、トロは食べなかったって言うのも、その時代の好みの問題なのよ。今は大トロから赤身まで大事にされて、幸せよね」

瑠美はグラスを傾けてエスパスを飲み干した。

「スパークリングワインも偉大ね。お刺身にも合うんだもの。泡のないワインは生ものと合わせるとアウトなのに」

康平は瑠美のグラスにエスパスを注ぎ足した。

「さっちゃん、ラーメンの後はどんな店が入るんだって？」

「サンドイッチのお店です」

「へえ。まるでジャンルが違うんだ」

「千歳さん、火を使わないジャンルだから気に入ったみたいなんです。ボヤ騒ぎがトラウマになってるみたいで」

「……なるほど」

康平がエスパスを飲み干すと、瑠美が注ぎ足した。

「ラーメンだけじゃなくて、今はサンドイッチも戦国時代なのよ」

「サンドイッチ専門店も増えてるの。フルーツサンドは花盛りだし、他にもカツサンド、ホットサンド……銀座の東急プラザには、キャビアを使ったサンドイッチを出すお店もあるのよ」

「キャビア⁉」

康平は文字通り、目を丸くした。

「デパ地下には必ずサンドイッチ専門店が入ってるし」

瑠美は同意を求めるように皐を見遣《みや》った。

「私も買ったことあります。ただ、オレンジの輪切りを断面が見えるように挟んであるの、あれ、絶対食べにくいですよね」

「そう、そう。インスタ映《ば》えするけど、ちょっとね」

康平は頭の中でインスタ映えのイメージを探した。

「具材をいっぱい積み重ねた、タワーみたいなハンバーガー。どうやって喰うのか、分んないんだよね」

瑠美はカツオのタタキに箸を伸ばした。

「私が感心したのは、『天《あま》のや』の玉子サンド。もう十年以上前から、テレビ局の差し入れにもよく使われてるんだけど、関西風の出汁《だし》巻き卵を挟んであるの。一口サイズで食べやすくって。あれはまさに『コロンブスの卵サンド』って思ったわ」

「発想の勝利……か」

「それと何年か前、銀座七丁目に『銀座サンド』っていうお店ができたの。東心斎橋《しんさいばし》が本店で、北新地《しんち》にもお店があって、その東京進出の一号店」

皐が何かを思い出そうとするように眉を寄せた。

「そこ、ダウンタウンの浜《はま》ちゃんがテレビで推薦してた店じゃないですか」

「うん、そこ」

瑠美は康平の方に身を乗り出した。

「カツサンド専門店なの。タマゴカツサンド、ウナギカツサンドなんてあって、見たことないからびっくりしたわ」

康平は腕組みをして、感心したように深々と頷いた。

「千歳さんの店でラーメンは大変だと思ったけど、サンドイッチも大変だなあ」

二三は青梗菜と湯葉の中華炒めを作り終え、皿に盛った。さっと炒めて塩と鶏ガラスープで味をつけ、生姜のしぼり汁を垂らしたシンプルな炒め物だ。

「はい、お待たせ。次はコロッケいきますね」

二三はカウンター越しに声をかけた。

「湯葉って、日本だと生か煮物だよね。炒め物って珍しいな」

「中華ではよくあるわよ」

瑠美は箸を伸ばして炒め物をつまんだ。口に入れると、ホッとしたように小さく鼻から息を漏らした。

「この味……錦糸町《きんしちょう》の今は亡き『大三元《だいさんげん》』の、青菜と湯葉の炒め物を思い出すわ」

康平も一箸口に入れた。「美味い！」とのけぞるような驚きはないが、そっと背中を撫《な》でられるような、肩肘《かたひじ》張らない優しい味だった。

「こういうの、箸休めっていうのかしらね」

主役の座を張る個性と華やかさはないが、穏やかに周囲と調和して、次の料理への橋渡し役となる……。

「……こういう料理も、絶対に必要」

瑠美は独り言のように呟いた。

康平はその様子を見て、黙ってグラスを傾けた。今、瑠美の思考は料理の天空を雄飛している。思い切り羽ばたいて元の地平に降り立つまで、邪魔せずにゆっくり待っていようと思った。

しかし、それほど待つ必要はなかった。瑠美は少し恥ずかしそうに康平の目を見返して言った。

「料理も映画も世の中も、脇役《わきやく》って大事よね」

言葉の真意を完全に理解したとは言えないが、康平は瑠美の目を見返して、しっかりと頷いた。そして明るい声で言った。

「おばちゃん、今度パン持ってくるから、カツサンドこさえてくんない？」

「良いわよ。でも、急にどうして」

「瑠美さんの話聞いてたら、カツサンド喰いたくなっちゃってさ」


九月最後の土曜日のことだった。

土曜はランチ営業がないので、二三も一子ものんびりしていた。いつもより遅くまで布団にいて、起きたらテレビをつけて、ＢＧＭ代わりに聞きながら新聞を読み、インスタントコーヒーにたっぷり牛乳を入れて飲む。

「お姑《かあ》さん、お昼どうする」

昼食を兼ねた遅い朝食は、有り合わせのもので済ませるか、月島の「ハニームーン」で焼き立てのパンを買って食べるか、ほとんどその二択だ。

一子はどちらにするか決めようとして、ふと思い出した。

「そう言えば、千歳さんの店、今月いっぱいだったわね」

「あ、そうだ。お昼、ラーメンちとせで食べ納めしようか？」

「うん。あそこの鶏塩ラーメンは美味しかった。あっさりしてるのにコクがあって」

「私、十時四十五分になったら、並んでくるから」

「悪いわね」

二三は再びマグカップを手に、新聞の斜め読みを始めた。その時、下から店のシャッターを叩《たた》く音がした。

二三と一子は不審な思いで顔を見合わせた。宅配便や書留の配達なら、勝手口に回ってインターホンを押すはずなのに。

「は～い、お待ちください」

二三は小走りに階段を降り、勝手口から外に出て、表に回った。

「千歳さん！」

シャッターの前に、千歳がしゃがみこんでいた。

「どうしたの」

駆け寄って傍らにしゃがみ、肩を抱き起こすと、顔色は真っ青で、額に脂汗が浮かんでいる。大きな声を上げる力さえ出ない様子だ。

「急に……お腹《なか》が……」

「大丈夫よ。すぐに救急車を呼ぶから」

二三は立ち上がると、二階の窓に向かって叫んだ。

「お姑さん！」

すぐに窓が開き、一子が顔を覗かせて表を見下ろした。

「降りてきて！　千歳さんが！」

一子はすぐに首を引っ込めた。それから一分ほどで、二三たちの所にやってきた。片手に二三の手提げとビニール袋を持っていた。

「ふみちゃん、団さんに連絡」

一子は手提げを二三に渡すと、ビニール袋から水のボトルを取り出し、千歳の口元に持っていった。

「お水、飲む？」

千歳は弱々しく首を振った。一子は今度はタオルを取り出し、ペットボトルの水をかけて絞ると、千歳の額に浮かんだ汗を拭いた。

スマホで松原青果の番号をタップすると、すぐに団の声がした。

「今ね、千歳さん、急に具合が悪くなったの。陣痛が始まったんだと思う」

スマホを通して、団が息を呑《の》む気配が伝わってきた。

「この時期だから流産の危険はないわ。それは安心して。まだ破水もしてないから、生まれるまでにはもう少し時間がかかると思う」

安堵《あんど》のため息が耳に伝わった。二三は医者ではないが、出産経験があるので、ある程度見当がついた。

「それで、これから病院に連れて行くんだけど、もう産院は決まってる？」

「は、はい。江戸川区の『さくらマタニティ・クリニック』です。千歳がずっと健診に通ってて、出産もお願いする事になってます」

「分ったわ。タクシー呼んで、そこへ連れて行きます」

通常、痛みや出血などで妊婦が危険な状態に陥っており、自家用車などで病院へ行く手段がない限り、陣痛で救急車を呼ぶことはできない。

「あの、僕が今からそっちへ行きましょうか？」

「それより、産院に電話して、受け入れ準備をしてもらってください。そっちで落ち合いましょう」

「は、はい。よろしくお願いします」

二三が通話を切り、タクシーを呼ぶために検索をかけようとした時、声がかかった。

「どうした？　急病人か？」

顔を上げるとほんの二～三歩先に、魚政の大旦那《だんな》・山手《やまて》政夫《まさお》が立って、心配そうにこちらを見ている。

「急に産気づいてね。これから病院へ連れてくとこなのよ」

一子が代わりに応えると、山手はどんと胸を叩いた。

「任せとけ。今、車出してくる」

「おじさん、良いわよ。タクシー呼ぶから」

二三はあわてて断ったが、山手は得意そうににやりと笑った。

「心配すんなって。腕は落ちちゃいねえよ。ナビさえありゃ、ガソリンが続く限り、どこへだって連れてってやるさ」

山手はくるりと踵《きびす》を返し、魚政の店舗の方へゆっくりと走った。

「ふみちゃん、政さんに頼もう。タクシーより安心だよ」

「うん。緊急事態だもんね。おじさんの厚意に甘えるわ」

やがて車体に「魚政」と大書したライトバンが通りに現れ、はじめ食堂の前で止まった。助手席のドアが開き、山手の息子政和《まさかず》の妻、のり子が降りてきた。

「お祖父ちゃんから聞きました。私も病院まで付き添いましょうか？」

二三と一子は頭を下げたが、丁寧に断った。

「ありがとうございます。ここは私が付き添うので、大丈夫です。山手さんにはお手数をかけさせて、すみません」

「困ったときはお互い様ですよ。この通りで食べ物扱う店は、うちとお宅とこちらだけになってしまいましたからね」

「奥さん、お手数ですが、お店のシャッターに『臨時休業』の紙、貼《は》っといてもらえませんか？」

「お安い御用ですよ」

二三が先に車に乗り、千歳の腕を取って中に導いた。のり子は背後から千歳の身体を押して、座席に座らせた。

「行ってらっしゃい。お祖父ちゃん、安全運転でね！」

「分ってらぁ」

山手は車を発進させた。運転は慎重で揺れは少なく、急ブレーキもなかった。威勢の良い口調とは裏腹に、ちゃんと妊婦に気を遣って運転してくれているのだ。

出発して三十分ほどで目指す産院に到着した。

「さくらマタニティ・クリニック」は平井《ひらい》の駅からほど近い場所にあり、まだ新しいきれいな建物だった。駐車スペースには乗用車が三台停《と》まっている。中の一台は団の車に違いない。

二三はすぐにスマホを取り出して団に電話した。

「もしもし、今着きました」

「はい！」

団はそのひと声で電話を切った。そしてものの二～三秒でクリニックのドアが開き、団が飛び出してきた。

「千歳！」

団は車のドアを開けると、半身を中に入れて千歳の身体に腕を回し、千歳が車から降りるのを手伝った。車椅子《くるまいす》を押した看護師がクリニックから出てきて、ライトバンの前に進んだ。団と看護師は協力して千歳を車椅子に座らせた。

「松原さん、大丈夫ですよ。落ち着いてくださいね」

看護師は優しく呼びかけながら、車椅子を押してクリニックの中に入った。

団は二三と山手に深々と頭を下げた。

「二三さん、魚政の大旦那さん、本当にありがとうございました」

山手は片手を振って払う仕草をした。

「そんなことは良いから、早くカミさんのそばに行ってやんな」

「無事のご出産、お祈りしてますよ」

団はもう一度頭を下げてから、小走りにクリニックへ戻った。

二三も改めて山手に頭を下げた。

「おじさん、どうもありがとうございました。お陰で助かりました」

山手はまたしても得意そうににやりと笑った。

「良いってことよ。この歳《とし》になって人助けができるたあ、冥途《めいど》の土産《みやげ》が増えたぜ」

二三は山手の車の助手席に乗り、はじめ食堂へ送ってもらった。

道すがら、山手とよもやま話に興じながら、自分が要を出産した時のことを思い出していた。

初産《ういざん》だったせいか、最初の陣痛から出産まで一昼夜かかった。体力も消耗した。まだ三十代前半で体力はあったが、きつかった。

陣痛というのはずっと痛みが続くわけではなく、波のように寄せたり引いたりして、痛みのない時間もある。次の痛みが来るまでの時間が次第に短くなり、切れ目のない痛みが最高潮に達して出産となる。

痛みと痛みの感覚がまだ間遠だった時、一子は「長丁場になるかもしれないから、何か食べてスタミナつけた方が良いよ」と心配そうに言った。

「何か食べられるものはない？」

「お寿司《すし》なら、食べられる」

「何が良い？」

「ええと、イカ、白身、中トロ、アナゴ、海老《えび》、それとイクラとウニ」

「分った。ちょっと待っててね」

一子は病室を飛び出し、近くの寿司屋に駆け込むと、各三貫ずつ持ち帰り用に握ってもらった。

「二三ちゃん、お寿司だよ！」

病室に戻ると、一子は二三を抱き起こして、寿司を食べさせてくれた。七貫食べたところで次の陣痛が来て、収まると今度は五貫食べ……という具合に、どうにか寿司は完食した。そしてそれから五時間後、破水して出産となった。

あの時は、一子の差し入れてくれた寿司のお陰で乗り切れたのだと思う。飲まず食わずでいたら、出産による体力の消耗はもっと激しかったに違いない……。

「着いたぜ」

車が止まり、二三は回想から引き戻された。

「おじさん、ありがとう。今夜、飲みに来てよ。奢《おご》るわ」

助手席から降りて二三は言った。

「そうさな。だいぶご無沙汰《ぶさた》してるし、ちょいと顔出すか」

「待ってるからね」

山手は運転席で手を振り、車を発進させた。


その日、夕方に店を開けたはじめ食堂を最初に訪れたお客は、松原団の弟の開と、永野つばさのカップルだった。しかも、開は段ボール箱を抱えている。

「今日は千歳さんがお世話になったそうで、本当にありがとうございました」

「私たち、午前中から出かけていて、ちっとも知らなくて」

「さっき家に帰って親父から聞いて、ビックリでした」

「どうぞ、お気になさらないでください。それより、千歳さんの容態は如何《いかが》ですか？」

「順調だって、兄は言ってました。もうちょっとかかるみたいなんですけど」

そして、改めて段ボール箱に目を落とした。

「これ、里芋です。よろしかったら食堂で使ってください」

「それは、かえってお気遣いいただいてすみません。ありがとうございます」

里芋は今が旬で、保存も利く。使い道は色々ある。

二三が段ボールを受け取ると、皐がさっと引き取って、厨房へ運んで行った。

開が遠慮がちに尋ねた。

「あの、席、良いですか？」

「もちろんです。どうぞ、どうぞ」

二三は空いている席を指し示した。開とつばさは四人掛けのテーブル席で向かい合った。

「お飲み物は何になさいますか」

皐がおしぼりとお通しをテーブルに運んだ。今日のお通しは中華風冷奴《ひややつこ》にした。

「あ、酢橘《すだち》がある。僕酢橘ハイ」

「私も同じで」

今日の焼酎は富乃宝山《とみのほうざん》という芋焼酎《じょうちゅう》で、柑橘系《かんきつけい》のフレッシュな香りが持ち味だ。ソーダで割って酢橘を垂らすと、爽やかさが倍増する。

飲み物の注文を済ませると、二人は額を寄せてつまみのメニューを検討した。

「ポテトサラダ、青梗菜と湯葉の中華炒め……戻りガツオのゴマ和《あ》え？」

開は顔を上げて二三に声をかけた。

「この戻りガツオのゴマ和えって、どういうのですか？」

「カツオをタレに一晩漬けて、食べる直前にすりゴマと練りゴマで和えて、小ネギを散らします。焼酎のおつまみとして絶品なんですよ」

余った刺身の利用法としても便利な一品だ。

「じゃあ、それください」

酢橘ハイのジョッキが運ばれてきた。乾杯すると、開はつばさの方にメニューの向きを変えた。つばさはメニューをざっと眺めて言った。

「私もポテトサラダと青梗菜と湯葉の中華炒め。あと、海老フライ」

開が注文を伝えると、皐は厨房に通してからつばさに尋ねた。

「千歳さんが産休に入ったわけだから、つばささんは、明日から開店準備ですか？」

「うん。片付けもあるし、早い方が良いから」

「この前、料理研究家の菊川瑠美先生が『今はサンドイッチも戦国時代だ』って仰《おつしや》って、色々お話して下さったんです。サンドイッチ専門店、いっぱいできてるんですね」

「そうなの。チェーン店以外もどんどん増えてるし。そもそも、自家製パン屋さんはたいていサンドイッチ作るものね」

つばさは軽くため息をついた。

「お待たせしました」

ポテトサラダがやってきた。はじめ食堂のポテトサラダは茹《ゆ》で卵たっぷりで、酸味の少ないマヨネーズをふんだんに使っている。だからクリーミーでゴージャスな味だ。

「久しぶりに、まっとうなポテサラ食べた気がする」

一箸食べて、つばさは感心したように呟いた。

つばさは皐、厨房の二三、一子の顔を順に見回して言った。

「私の店は、マヨネーズは手作りします」

「それは、すごいですね」

二三は素直に感心した。

「あと、コンビーフも手作りします」

「コンビーフって、手作りできるんですか?」

二三が驚いて訊き返すと、つばさは嬉しそうに頷いた。

「できるんです。意外と簡単なんですよ。時間はかかるけど、手間はかからないし。保存も利くから、作り置きできるんです。でも、味は缶詰とは段違いなんですよ」

皐が羨ましそうに言った。

「良いなあ。一度食べてみたい、手作りコンビーフ」

「店の売りになると思うんです。開店前に試食品をお持ちしますから、是非召し上がってください」

するとが、自信たっぷりに口を添えた。

「玉子サンドも抜群でした。黄身がクリーミーで、白身が存在感あって。自家製マヨネーズの味が利いてるし。僕はあれも看板になると思います」

二三は思わず微笑んだ。

「山手のおじさんに教えてあげたいわ。三代続いた魚政の主人だけど、一番好きなものは卵なんですって」

次の料理、戻りガツオのゴマ和えが出来上がった。

「お待たせしました」

目の前に登場した戻りガツオは、醬油に漬かって黒っぽくなっていた。そこにすりゴマと練りゴマが絡むと、コクと風味が加わって、二重にも三重にも旨味が深くなる。

つばさも開も口に広がる味の三重奏に、ただうっとりと目を細め、頰を緩めるしかなかった。富乃宝山の酢橘ハイで追いかけると、口に残った濃厚な旨味が溶けて、爽やかさに昇華されてゆく……。

「酢橘ハイ、お代わりください！」

二人は同時に声を上げた。

その時、入口の戸が開いて、山手政夫が入ってきた。

「いらっしゃい！」

「いやあ、すっかりご無沙汰しちまって」

山手は後ろ頭をかいて、カウンターの「いつもの席」に腰を下ろした。

皐がおしぼりとお通しを出して言った。

「聞きましたよ。今日、山手さん、大活躍だったんですってね。産気づいた妊婦さんを病院へ運んだって」

「いやあ」

山手は嬉しそうに顔の前で片手を振った。

「あのう、この方が義姉《あね》を運んでくださった？」

開が思わず椅子から腰を浮かせると、つばさもそれに倣った。

「はい。魚政のご主人の山手さんです。おじさん、この方たちは、あの妊婦さんの旦那さんの弟さんと、その婚約者さん」

「大変お世話になりました。後日、兄の方からキチンとお礼に伺いますので」

開が深々と頭を下げると、山手は本当に照れて首を振った。

「どうぞ、気になさらんでください。まずはご無事で何よりでした」

一子がカウンターの端から、笑顔で言った。

「政さん、当分ご活躍が話題になりそうね」

「いっちゃんまで、からかうなよ」

「ところで、お飲み物は？」

二三が尋ねると山手は「小生」と答えた。

「今日のお勧めは戻りガツオのゴマ和え。お宅で仕入れたカツオだから、味は保証付き」

「じゃ、それもらう」

「卵料理は何が良い？　何でも作るけど」

「そうさなあ、やっぱオムレツかな」

「中身、コンビーフと玉ネギで良い？」

山手は満足そうに頷いた。二三はちらりとつばさに視線を走らせ、少し声を落として言った。

「おじさん、あの女性、今度ラーメンちとせの店舗を借りて、サンドイッチ専門店を開くのよ」

「ふうん」

「玉子サンドが美味しいんですって。開店したら、おじさん贔屓《ひいき》にしてあげてね」

山手は困ったように眉をひそめた。

「俺ァ、どうもコンビニの玉子サンドが苦手なんだよ。なんか、しっくりこなくてな」

「それ、きっとマヨネーズのせいよ」

山手は「ほお」と言いたげに口をOの字形に開けた。

「あの人のお店は、手作りマヨネーズを使うんですって。だからきっと、おじさんの口にも合うんじゃないかしら」

山手も興味を感じたのか、つばさを振り向いた。

今、つばさは開と真剣な表情で話し合っていた。

「やっぱり、お産が終わったばかりの人に相談するの、無理よね」

「十月に入ったら、大丈夫じゃないかな」

つばさはため息をついた。

「最初に決めた条件だし、今更変えてくれって言っても……。不信感持たれたらいやだし」

「でも、君はやっぱりカツサンド、やりたいんだよね？」

つばさと開が話しているのは、サンドイッチのことだった。

「最初は冷たい具材だけでいけると思ったのよ。卵のフィリングと手作りコンビーフは絶対自信あるし、他にもスモークサーモン、生ハム、アボカドシュリンプ……組み合わせ次第でいくらでも作れる」

「今の店はいわば実験台だよね。そんなら、あんまり手を広げない方が良いかもしれないよ」

つばさは首を振った。

「実験台だから、色々試してみたいの。それに今は、カツサンドがブームなのよ」

そこへ皐が海老フライを運んできた。タルタルソースがたっぷりと添えられている。

「ここの海老フライ、美味しいのよね」

つばさも開も、まずはタルタルソースを載せて、海老フライを一口齧った。

「こういうの食べると、欲が出ちゃう」

「どんな?」

「海老カツサンドとか。ハムカツもメンチカツもやってみたい。それと、コロッケ」

つばさはこの前はじめ食堂で食べたコロッケの味を思い出した。するとまたしてもため息が漏れた。

「あ〜あ、どうして『火を使った調理はやりません』なんて言っちゃったんだろう。今更後の祭りだけど」

二人の会話を聞くともなく聞いていた山手が、テーブル席を振り向いた。

「お嬢さん、あんた、店でカツサンド出したいの?」

山手の飾り気のない人柄を感じて、つばさは素直に応えた。

「はい。カツサンドだけじゃなくて、ハムカツやメンチカツや海老カツも、サンドイッチにして出したいんです。でも、私、お店を借りるときに、火を使わないって契約しちゃったから……」

するとと、山手はこともなげに言った。

「そんなら、この店で買って来れば良いさ」

「え？」

つばさは一瞬、虚をつかれて言葉を失った。

「ここ、持ち帰りもやってるんだよ。お宅の店は近所だし、前の日に予約して、開店前に受け取ったら良いんじゃないの」

つばさの頭の中であれこれイメージが回り始めた。回転が止まって一つの絵になるまで一分ほどかかったが、その絵は細部まで歪《ゆが》みなく完成されていた。

つばさは椅子から立ち上がり、厨房に向かって声を上げた。

「あの、トンカツとハムカツとメンチカツと海老カツ、予約して持ち帰ること、可能ですか？」

二三と一子と皐は思わず顔を見合わせた。しかし、次の瞬間、三人とも同じ表情を浮かべた。やろう、と。

「はい、大丈夫ですよ」

つばさは思わず身を乗り出した。

「それと、ポテトサラダも買えますか？」

「もちろん」

「コロッケ定食の日は、うちの店の分も揚げていただく事、できますか？」

「はい、大丈夫です」

つばさは拳《こぶし》を天に突き上げ、飛び上がった。

「やったー！」

その時、開の上着のポケットでスマホが鳴った。手にすると兄の団からだった。

「はい。……ホント、よかった。おめでとう」

開はスマホを仕舞うと、椅子から立ち上がって言った。

「皆さん、たった今、生まれました！　母子共に健康です。男の子です」

はじめ食堂に拍手が巻き起こった。

「つばささん、大丈夫、お店は成功しますよ」

つばさは神妙な顔で二三を見返した。

「こんなおめでたい日に生まれたアイデアが、成功しないはずありません。今、日本で一番おめでたいカツサンドですよ」

つばさの目が涙で潤んだ。

「ありがとうございます。私、頑張ります」

二三は一子と皐を見た。二人とも喜びと興奮で目が輝いている。つばさの冒険に手を貸すことによって、はじめ食堂も新しい冒険に踏み出すことになる。二三も一子も皐も、それが楽しいのだ。

「前祝いにスパークリングワイン、一本開けちゃいます。みんなで呑みましょう」

今度は店に歓声が起こった。

「なんとも良い日に居合わせたな」

「おじさん、今日の一番の功労者よ」

二三が拍手を送ると、山手は嬉しそうに後ろ頭をかいた。

皐がエスパス・オブ・リマリ・ブリュット・スペシャルを冷蔵庫から出し、栓を抜いた。景気の良い音と共に、幸せの気分が天を目指して上って行った。

食堂のおばちゃんの簡単レシピ集

皆さま、『幸せのカツサンド　食堂のおばちゃん16』を読んでくださってありがとうございました。

何か、気になる料理はありましたか？

今回はシリーズも十六作目を迎え、心機一転の気分で、鶏《とり》の唐揚げ、以前にも挙げたコロッケやトンカツなど、初心に立ち返ったレシピをいくつかご紹介してみました。

お店で完成品を買うのも楽しいですが、よろしかったらお時間のある時にお試しください。一から作る達成感は、格別ですよ。

①鶏の唐揚げ

〈材　料〉２人分

鶏もも肉１枚（約３００g）　レモン２分の１個　片栗粉・揚げ油　各適量

Ａ（酒・みりん　各大匙《おおさじ》１杯　砂糖小匙１杯　醤油《しょうゆ》大匙３杯

おろしニンニク・ラー油　各小匙１杯）

〈作り方〉

●鶏肉は冷蔵庫から出して常温に戻し、筋を切って一口大に切る。包丁の刃元を使い、叩《たた》くように切ると下味が馴染《なじ》みやすい。

●ボウルにＡを入れて混ぜ合わせ、鶏肉を入れて和《あ》え、常温で15分漬けておく。

●鶏肉をザルに空けて水気を切り、片栗粉を全体にまぶす。キッチンペーパーで拭《ふ》いて必要以上に水気を取ったり、肉をはたいて片栗粉を落とす必要はない。

●フライパンに深さ2センチほど揚げ油を入れ、１６５度に熱し、鶏肉を入れる。油から肉の頭が出るのは、ここから水分が抜け、二度揚げしなくてもカラリと揚がるため、むしろ好ましい。

●最初の４０～５０秒は触らず放置し、衣が白っぽく固まってきたら、肉を転がしながら、こんがり色づくまで4～5分揚げる。

●器に盛り、くし切りにしたレモンを添えてどうぞ。

〈ワンポイントアドバイス〉

☆唐揚げはレシピ本が何冊も出版されるほどの人気です。今回は「二度揚げなし、フライパンでOK。初心者でも大満足の出来上がり！」という、斉藤《さいとう》辰《たつ》夫《お》さんのレシピをご紹介しました。

②クレソンと香菜《シャンツァイ》のサラダ

〈材　料〉2人分

クレソン50g　香菜10g

A（オリーブオイル大匙2杯　白《しろ》炒《い》りゴマ・レモン汁　各大匙1杯　はちみつ小匙2杯

塩小匙4分の1杯）

粉チーズ小匙1杯　粗《あら》挽《び》き黒《くろ》胡《こ》椒《しょう》適量

〈作り方〉

●クレソンは葉を手でちぎり、茎の部分を2センチ幅に切る。

●香菜は根を切り落とし、葉と茎の部分を2センチ幅に切る。

●ボウルにAの材料を入れて混ぜ合わせ、クレソン、香菜を加えて全体に味が馴染むまで和える。

●器に盛り付け、粉チーズ、粗挽き黒胡椒をかける。

〈ワンポイントアドバイス〉

☆香り高い香味野菜をドレッシングと粉チーズ、黒胡椒で和えた爽《さわ》やかさ抜群のサラダです。中高年男性には香菜嫌いの方を多くお見受けしますが、この香りが嫌いなんて、もったいない!

③フォー

〈材　料〉2人分

鶏むね肉2分の1枚　紫玉ネギ2分の1個　香菜1～2束　モヤシ2分の1袋
フォーの麺《めん》150～200g

鶏がらスープの素大匙2杯　水（茹《ゆ》でる用とスープ用）各5カップ　ナンプラー小匙2杯
塩・胡椒　各適量　お好みでフライドガーリック少々
★食べるときの調味料：ナンプラー少々　ライムｏｒレモンのくし切り2切れ
チリソース少々　鷹《たか》の爪《つめ》の輪切り少々

〈作り方〉
●鍋《なべ》にお湯を沸騰《ふっとう》させて火を止め、麵を10分ほど浸して白く柔らかくなったら、ザルに麵を上げる。
●鶏肉は食べやすい大きさに切り、塩・胡椒する。
●紫玉ネギは薄切りにして水に晒《さら》し、水気を絞る。香菜は根を切り落とし、葉と茎の部分を2センチ幅に切る。
●スープ用の水に香菜の根、鶏がらスープの素、ナンプラーを入れて沸騰させ、鶏肉を入れて煮る。
●鶏肉が煮えたら取り出す。香菜の根は取り出して捨てる。
●スープに麵、モヤシを入れ沸騰させ、硬さをみて丼《どんぶり》に移し、鶏肉、香菜、紫玉ネギ、フライドガーリックをトッピングする。
●食べるときの調味料として、別皿でナンプラー、ライムｏｒレモン、チリソース、鷹の爪を添える。

〈ワンポイントアドバイス〉

☆今や街中でもお店を見かけるようになったベトナム料理は、ヘルシーで食べやすく、日本人には馴染みやすい味です。

☆今回は基本的な鶏肉のフォーのレシピを載せましたが、様々な種類のフォーがありますので、機会があったら食べ比べてみてください。

④豚しゃぶピリ辛ぶっかけうどん

〈材　料〉２人分

冷凍うどん２玉　豚しゃぶ用肉80g　サニーレタス２枚　長ネギ10センチ

A（酒大匙２杯　塩少々）

B（めんつゆ40cc　水１２０cc　ラー油小匙２杯）

黒炒りゴマ小匙２杯

〈作　り　方〉

●鍋に湯を沸かしてAを加え、沸騰したら豚肉を広げて入れ、さっと茹でてザルに上げる。

●サニーレタスは一口大にちぎる。

●長ネギは斜め薄切りにして水に晒し、水気を切ってサニーレタスと混ぜる。

●新たに湯を沸かし、冷凍うどんを袋の指示通りに茹でたら冷水で洗い、水気を切って器に盛る。

●Bを混ぜ合わせてうどんにかけ、豚肉とサニーレタスと長ネギをトッピングして黒炒りゴマを振る。

〈ワンポイントアドバイス〉

☆めんつゆは3倍濃縮が目安です。

☆ラー油を混ぜためんつゆはピリッと辛くてパンチがあり、うどんにも豚しゃぶにもよく合います。

暑い夏にお試しください。

⑤冷やしナスのゴマソースがけ

〈材　料〉２人分

ナス４本　茗荷《みょうが》２本　大葉４枚

Ａ（白練りゴマ・砂糖・醤油　各大匙２杯　酒・酢　各大匙１杯　白すりゴマ大匙３杯）

〈作　り　方〉

●ナスはヘタを除いて縦半分に切り、３分ほど水に晒して水気を切る。

●キッチンペーパーを敷《し》いた耐熱皿にナスを並べてラップをかけ、電子レンジで加熱する。６００Ｗで４～５分間が目安。

●そのまま少し蒸らして半分の長さに切り、縦に４等分して、冷蔵庫で冷やす。

●茗荷は小口切り、大葉は千切りにする。

●ボウルにＡの材料を入れて混ぜ合わせ、ゴマソースを作る。

●器にナスを盛ってゴマソースを適量かけ、茗荷と大葉をトッピングする。

〈ワンポイントアドバイス〉

☆ナスは通年出回っていますが、やはり旬《しゅん》は夏です。ソースのレシピも沢山あるので、ソースを変えるだけで、同じ蒸しナスが幾通りにも楽しめますよ。たっぷり召し上がってください。

⑥砂肝となめこのアヒージョ

〈材　料〉２人分

砂肝２００g　なめこ１パック

オリーブオイル２分の１カップ　ニンニク１片　赤唐辛子１～２本　塩小匙１杯　パセリ適量

〈作り方〉

●砂肝は半分に切って銀皮《ぎんぴ》を取り、厚みのある部分に数カ所切れ込みを入れる。

●ニンニクはつぶし、パセリはみじん切りにする。

●小さめのフライパンにオリーブオイル、ニンニク、赤唐辛子を入れて弱火で加熱する。

●ニンニクが色づいてきたら水気を拭き取った砂肝を加え、塩を振る。

●そのまま２～３分加熱したらなめこを加え、味見をして塩（分量外）で味を調《ととの》え、火を止めてパセ

リを振りかける。

●好みのパンにオイルを吸わせながら、召し上がれ。

〈ワンポイントアドバイス〉

☆少し割高になりますが、お店によっては銀皮を取り除いた砂肝を売っています。

☆なめこをアヒージョに使うのは驚きですが、香りも良く、つるんとした食感も新鮮で、砂肝との相性も良好です。

⑦サバの幽《ゆう》庵《あん》焼《や》き

〈材　料〉２人分

生サバ２切れ（小さなサイズのサバの半身を２枚使用）　塩少々　大根おろし大匙３杯

Ａ（ポン酢大匙２杯　柚子《ゆず》胡椒小匙１杯）

〈作　り　方〉

●サバは塩を振ってしばらく置き、水洗いして水気を拭き取り、皮目に切り込みを二カ所入れる。

●Aを混ぜ合わせ、サバにからめて15分置く。

●サバを魚焼きグリル、またはフライパンに載せ、両面をこんがり焼く。

●サバを器に載せ、大根おろしと柚子胡椒（分量外）を混ぜ合わせて添える。

〈ワンポイントアドバイス〉

☆実は、幽庵焼きを食べたことがなかったので、初めていただいたときは「こんな料理もあるのか」と驚きました。

☆柑橘類《かんきつるい》の果汁で作ったポン酢と柚子胡椒のきりりとした味わいが、香り豊かな幽庵焼きを一層引き立てます。サバの他にサワラや鶏肉にもよく合う調理法です。

⑧コロッケカレー

★コロッケ

〈材　料〉２人分

ジャガイモ２個（約３００g）　玉ネギ２分の１個　牛豚合い挽き肉１２０g

塩・胡椒　各小匙２杯　衣（薄力粉大匙２杯　溶き卵１個分　パン粉大匙４杯）

サラダ油・揚げ油　各適量

〈作り方〉

●ジャガイモは芽を取り除き、皮を剥《む》いて一口大に切る。

●切ったジャガイモを耐熱ボウルに入れてラップをかけ、６００Wの電子レンジで４分程、柔らかくなるまで加熱する。

●熱いうちにジャガイモをマッシャーでつぶす。

●玉ネギをみじん切りにする。

●中火に熱したフライパンにサラダ油を入れ、牛豚合い挽き肉を加えて炒《いた》め、色が変わってきたら玉ネギも加えて炒め、塩・胡椒する。玉ネギがしんなりとして、牛豚合挽き肉に火が通ったら火から下ろし、粗熱を取る。

●つぶしたジャガイモに炒めた牛豚合い挽き肉と玉ネギを加えてよく混ぜ合わせ、４等分にして楕円《だえん》形（あるいは俵形）に成形する。

●薄力粉、溶き卵、パン粉の順に衣をつける。

●鍋に揚げ油を注ぎ入れて１８０度に熱し、衣をつけたコロッケのタネを入れ、衣がきつね色になるまで揚げ、取り出して油を切る。

★カレー

〈材　料〉**作りやすい分量**（５人分）

S&Bディナーカレー１箱（97g）　牛薄切り肉３００g　玉ネギ中２個（４００g）

サラダ油大匙２杯　水６００cc

〈作り方〉

●玉ネギを薄切りにする。
●牛肉を3〜4センチ幅に切る。
●フライパンにサラダ油を入れて火にかけ、玉ネギをしんなりするまで炒める。
●牛肉を加えて火が通るまで1〜2分炒める。
●玉ネギと牛肉を鍋に入れ、水を加えて強火にかけ、沸騰したら弱火にし、蓋《ふた》を3〜5センチ開けた状態にして、20分煮込む。
●いったん火を止めてカレールウを割り入れてよく溶かし、再び弱火でとろみがつくまで煮込む。

〈ワンポイントアドバイス〉

☆これはあくまで「カレーライス」用のレシピなので、コロッケカレーで食べるときは、牛肉は不要です。
☆水を半分、あるいは全部牛乳にして作ると、とてもクリーミーなカレーになりますよ。
☆近所に美味《おい》しいお肉屋さんがあったら、揚げたてのコロッケ、トンカツ、メンチカツなどを買ってきて、カレーにトッピングするのもお勧めです。

⑨カツサンド

〈材　料〉２人分

食パン４枚　豚ロース肉２枚　キャベツ50ｇ
衣（薄力粉大匙２杯　溶き卵1個分　パン粉40ｇ）
塩・胡椒・揚げ油　各適量　ウスターソース大匙３杯
Ａ（マヨネーズ大匙２杯　練り辛子小匙１杯　砂糖小匙２分の１杯）
有塩バター10ｇ

〈作　り　方〉

●キャベツを千切りにする。
●Ａを混ぜ合わせ、辛子マヨソースを作る。
●豚肉を包丁の裏で軽く叩いたら、塩・胡椒して、薄力粉、溶き卵、パン粉の順に衣をつける。
●フライパンに揚げ油を入れて１７５度に熱し、衣をつけた豚肉をきつね色になるまで揚げる。
●網に上げて油を切ったトンカツの両面にウスターソースをたっぷり塗る。

●オーブンで軽く焼いた食パンに有塩バターを塗り、キャベツの上に辛子マヨソースをかけ、トンカツを載せてもう一枚のパンで挟む。

●お好みのサイズに切って完成。

〈ワンポイントアドバイス〉

☆揚げたてのカツで作るカツサンドは、最高ですね！

☆キャベツを炒めて挟むレシピや、味噌《みそ》ダレを使うレシピなど、カツサンドのレシピも沢山あります。

一番あなたのお好みにピッタリのカツサンドに出会えますように！

⑩タルタルソース

〈材　料〉作りやすい分量

茹で卵1個　玉ネギ50g

A（乾燥パセリ・乾燥バジル　各小匙1杯　マヨネーズ60g）　塩適量

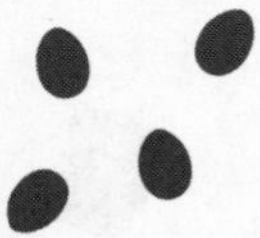

〈作り方〉

●茹で卵をみじん切りにする。

●玉ネギはみじん切りにして、汁気を絞る。

●ボウルに茹で卵、玉ネギ、Aを入れて混ぜ合わせ、塩気が足りない場合は塩を少し足して味を調える。

〈ワンポイントアドバイス〉

☆これは私が食堂主任時代に作っていたタルタルソースのレシピです。作中では一子《いちこ》の亡夫孝蔵《こうぞう》のレシピということにしてあります。実は私が酸っぱいのがあまり好きではないので、ピクルスもレモン汁も加えていません。皆さんはお好みで加えてくださいね。

Haruki Bunko
ハルキ文庫

や 11-18

幸《しあわ》せのカツサンド　食堂《しょくどう》のおばちゃん⑯

著者　山口恵以子《やまぐちえいこ》

2024年7月18日第一刷発行
2024年8月8日第三刷発行

発行者　角川春樹

発行所　株式会社角川春樹事務所
〒102-0074 東京都千代田区九段南2-1-30 イタリア文化会館

電話　03(3263)5247(編集)
03(3263)5881(営業)

印刷・製本　中央精版印刷株式会社

フォーマット・デザイン　芦澤泰偉
表紙イラストレーション　門坂 流

ISBN978-4-7584-4656-3 C0193 ©2024 Yamaguchi Eiko Printed in Japan
http://www.kadokawaharuki.co.jp/［営業］
fanmail@kadokawaharuki.co.jp［編集］　ご意見・ご感想をお寄せください。

JASRAC 出 2404731-403